소중한 _____ 에게

_____ 가(이) 선물합니다.

_____

# 돈키호테

**세르반테스** 지음

소설가이자 극작가였으며, 시인으로 활동했던 세르반테스는 1547년 9월 29일 에스파냐 알칼라데에나레스에서
태어났습니다. 집이 몹시 가난해 1568년 마드리드에서 로페스 데 오요스에게 개인 교습을 받은 것 외에 학교 교육을
받지 못했습니다. 에스파냐 군대에 입대한 그는 1571년 레판토 해전에 참가했고, 가슴과 왼손에 상처를 입었습니다.
또한 해적들에게 습격을 당해 1580년까지 5년 동안 알제리에서 노예 생활을 하기도 했습니다. 1584년에 결혼을
한 세르반테스는 그 이듬해에 소설 「라 갈라테아」를 발표하면서 문학 활동을 시작했습니다. 그 이후, 1587년까지
20~30편의 희곡을 썼지만 지금은 「알제리의 생활」과 「라 누만시아」 등 두 편만 남아 있습니다.
1605년 명작 「돈키호테」 제1부를, 1615년에 「돈키호테」 제2부를 발표했고, 그 사이에 「모범 소설집」과
장시 「파르나소에의 여행」 등을 발표한 그는 1616년 4월 23일 마드리드에서 세상을 떠났습니다.


**이슬기** 엮음

경북 영주에서 태어나, 아동문학평론지의 추천과 동아일보 신춘문예와 대구매일신문 신춘문예에 동화가
당선되어 문단에 나왔습니다. 그 후, 현대아동문학상 · 불교아동문학상 · 올해의 작가상 · MBC창작동요제 동요대상 ·
국립국악원 국악동요제 동요대상 · 성남창작동요제 동요대상 등을 받았습니다. 그동안 지은 책으로는 「엄마 붕어의
눈물」 「녹색 비밀의 집과 만리장성」 「녹색 비밀의 집과 마법의 부채」 「하늘로 날아간 수박」 「하늘을 나는 하얀 코끼리」
「엄마도 장난꾸러기였대요」 「별 따는 궁전」 「북소리」 등이 있습니다

2025년 11월  5일 2판 16쇄 **펴냄**
2011년 8월 25일 2판 1쇄 **펴냄**
2004년 2월  5일 1판 1쇄 **펴냄**

**펴낸곳** (주)효리원
**펴낸이** 윤종근
**지은이** 세르반테스
**엮은이** 이슬기 · **그린이** 박요한
**등록** 1990년 12월 20일 · **번호** 2-1108
**우편 번호** 03147
**주소** 서울시 종로구 삼일대로 457, 406호
**전화** 02)3675-5222 · **팩스** 02)765-5222

ⓒ2004, (주)효리원

ISBN 978-89-281-0101-6 64870

**이메일** hyoreewon@hyoreewon.com
**홈페이지** www.hyoreewon.com

# 돈키호테

세르반테스 지음
이슬기 엮음 / 박요한 그림

효리원
hyoreewon.com

## 풍자와 유머, 그리고 삶의 진실

우리는 가끔 현실과 공상의 세계를 착각할 때가 있습니다.

골목 어귀에 서 있는 커다란 나무를 보면서, 호랑이에게 쫓기다 해와 달이 된 오누이 이야기의 그 나무가 아닐까 하는 생각을 할 때도 있고, 하늘을 날아가는 제비가 혹시 나에게도 박씨를 던져 주지 않을까 하는 생각을 할 때도 있습니다.

또한 다이아몬드나 진주 같은 보석을 잔뜩 주워 책상 서랍에 감춰 놓는 꿈을 꾸고 난 뒤에, '형! 책상 서랍에 숨겨 놓은 내 다이아몬드 어떻게 했어?' 하고 묻는 등, 주변 사람들을 어리둥절하게 만들 때도 있습니다.

사람들이 경험하는 그런 현상에 착안하여 쓴 소설이 바로 세르반테스의 돈키호테입니다. 이 이야기 속에는 기사 이야기를 즐겨 읽다가, 자신이 기사가 된 듯 착각하면서 벌어지는 갖가지 재미있는 일들이 듬뿍 들어 있습니다.

주인공은 이웃 마을에 사는 농부의 딸을 자신이 사모하는 공주라고 생각하면서, 성실하기는 하지만 머리가 조금 모자라는 이웃 사람을 시종으로 임명한 다음 마을을 떠납니다.

풍차를 거인이라고 착각하기도 하고, 양 떼를 군대라고 생각하며 사정없이 공격하기도 합니다. 장례 행렬을 보고 귀부인을 납치해 가는 악당들이라고 믿는가 하면, 새로 산 모자가 비에 젖을까 봐 쓰고 가는 놋대야를 멋진 투구라고 여기기도 합니다.

사람이 사람에게 죄를 줄 수는 없다면서 질이 나쁜 죄수들을 풀어 주었다가 봉변을 당하는가 하면, 여인숙 방구석에 쌓아 놓은 포도주 자루를 보고 공주를 괴롭히는 거인이라고 생각해 창으로 찔러 못 쓰게 만들어 놓기도 합니다.

이 이야기를 읽다 보면 엉뚱한 짓을 벌이는 주인공의 행동에 배를 움켜쥐고 웃을 때도 있고, 한편으로는 불쌍한 생각이 들어 연민의 정을 느낄 때도 있습니다. 그러면서도 주인공의 순진한 인간성이 엿보일 때면 그의 생각을 이해하고, 그를 한번 만나 보고 싶다는 충동이 새록새록 솟아나기도 합니다.

소설 돈키호테 속에는 풍자와 유머를 통한 재미와 삶의 진실이 숨겨져 있습니다. 많은 어린이들이 이 이야기를 통해 지혜와 재치의 참맛을 알게 되었으면 좋겠습니다.

엮은이 이슬기

| 차례 |

# 기사 임명식

에스파냐 남부의 작은 마을 라 만차에 키하나라는 시골 귀족이 살고 있었다.

그는 거의 날마다 기사가 주인공으로 등장하는 소설을 읽는 일로 시간을 보냈다. 책을 한번 들기 시작하면 잠자는 것도 밥 먹는 일도 잊을 정도였다.

그가 읽은 소설의 내용은 주로 갑옷과 투구로 무장한 정의의 기사가 말을 타고 돌아다니면서, 약자를 돕고 악당을 물리쳐 이름을 널리 떨치는 이야기였다. 또 어떤 소설은 엄청난 규모의 전쟁에서 승리한 다음 성을 차지하고, 그 성의 성주가 되는 이야기도 있었다.

그런 종류의 소설들만 읽다 보니, 그는 언제부턴가 자신을 책 속의 주인공인 진짜 기사라고 믿기 시작했다.

"네 이놈! 비겁하게 도망을 치다니, 덤벼라!"

책을 읽다가 벌떡 일어나 고래고래 고함을 지르기도 하고, 굴러다니는 나무 막대기를 주워 책 속의 주인공이 칼을 휘두르는 것처럼 이리저리 휘젓기도 했다.

그러던 어느 날, 그는 마침내 결심을 했다.

"나같이 훌륭한 기사가 이런 시골 구석에서 시간을 보내는 것은 옳지 못하다! 그래, 떠나자. 훌륭한 기사가 되기 위해서는 어려움도 많겠지. 하지만 그것을 이겨 내고 내 이름을 그 어떤 이야기에 나오는 기사보다 더 많은 사람들의 기억에 남도록 하리라!"

그는 즉시 창고로 가서 조상 대대로 전해 내려오던 녹슨 방패와 창을 꺼냈다. 그리고 찌그러진 갑옷을 꺼내 곰팡이와 묵은 먼지를 털어 낸 다음 몸에 걸쳤다. 투구에는 종이로 얼굴 가리개까지 만들어 붙였다.

"이름을 멋지고 용맹스러운 것으로 바꾸면 좋겠는데……. 그래! 돈키호테가 좋겠군. 그리고 내가 타고 다닐 말에게도 폼나는 이름을 붙여 줘야지……."

그는 말 이름 때문에 꼬박 나흘 동안이나 고민을 했다.

그 결과 로시난테라는 이름을 붙여 주기로 했다. '뼈와 가죽만 남은 여윈 말'이라는 뜻이었다.

"이만하면 준비는 끝났다. 참, 내가 악마나 거인을 무찔렀다고 해도 그것을 알아 줄 공주님이 없다면 말이 안 되지……."

돈키호테는 자신의 집에서 그리 멀지 않은 곳에 살고 있는 농부의 딸 로렌소를 생각해 냈다. 아직 만나 본 적은 없지만, 소문만 듣고 공연히 혼자 좋아하는 아가씨였다.

돈키호테는 며칠 동안 머리를 쥐어짠 끝에 로렌소 아가씨에게 둘시네아 공주라는 이름을 붙였다.

'흐흐흐……. 로시난테, 둘시네아, 내가 생각해도 모두 멋진 이름이야. 이제 됐다, 가자. 내가 늦게 출발할수록 세상은 그만큼 커다란 불행에 빠지게 된다.'

낡아빠진 갑옷과 투구로 무장한 돈키호테는, 낡은 창까지 하나 들고 아무도 모르게 집에서 나왔다.

한여름, 아직 동이 트지 않은 이른 새벽이었다. 들판을 지나 마을 변두리를 막 지났을 때, 돈키호테는 잠시 한 가지 걱정에 잠겼다. 기사 임명에 관련된 법 때문이었다.

그 법에 따르면 정식으로 기사 임명식을 받기 전에는 창을 쓸 수도, 누구와 결투를 할 수도 없었다.

'어떻게 하나? 집으로 다시 돌아가 아무나 초청해서 기사 임명식을 받고 다시 출발할까? 아니야, 그럴 필요 없어. 이야기 속에 나오는 어느 기사도 그냥 집에서 무작정 나와 처음 만난 기사에게 임명식을 받았어. 빨리 가자. 가다가 만나는 사람에게 기사 임명식을 부탁하면 돼…….'

돈키호테는 여윈 말의 엉덩이에 채찍을 휘둘렀다.

"흐흐흐……. 언젠가는 내 눈부신 활약이 책에 기록되겠지! '용감한 기사 돈키호테는 명마 로시난테에 올라타고 대지를 힘차게 달리며 몬티엘의 드넓은 들판에 이르렀노라!' 하고 말야. 크크, 생각만 해도 멋지군."

그가 중얼거리는 말 역시 소설 속에 나오는 한 대목이었다.

돈키호테는 들판 사이로 끝없이 펼쳐진 길을 계속 걸었다. 하늘에서 뜨거운 태양이 내리쬐는 바람에, 갑옷과 투구로 무장한 돈키호테의 몸은 땀으로 범벅이 되었다.

"아아, 사랑스런 둘시네아 공주여! 그대가 내 마음을 알아만 준다면 지금의 이 고통과 괴로움은 얼마든지 참을 수 있습니다. 그대의 하인이 되어서라도 영원히 당신 곁에 있고 싶은 이 돈키호테의 진심을 제발 알아 주시오!"

그는 소설 속의 주인공처럼 중얼거렸다.

어느새 해가 기울었다. 한낮의 뜨거운 햇살 때문에 사람도 말도 지칠 대로 지쳐서 쓰러질 지경이었다.

'아이쿠, 배고파 죽겠네. 이 근처에는 어째 마을도 없냐?

화려한 성이 아니어도 좋아. 양치기가 쓰는 헛간이라도 있다면 정말 좋겠는데…….'

돈키호테는 사방을 살펴보았다. 마침 들판 저쪽에 여인숙 한채가 보였다. 그 여인숙은 작고 허름했지만 돈키호테의 눈에는 마치 화려한 성처럼 보였다. 네 개의 탑이 우뚝 솟아 있고, 성문으로 통하는 긴 연못에는 줄 다리가 놓여 있는 듯싶었다. 또한 성문이 열리며 기사의 도착을 알리는 나팔 소리가 곧 들릴 것만 같았다.

"오, 저기 나를 맞이해 줄 성이 있구나!"

돈키호테는 말고삐를 당기면서 여인숙 가까이로 다가갔다.

문 앞에는 두 아가씨가 서 있었다.

돈키호테는 그녀들을 보며 성에 사는 공주들이 산책을 나온 것이라 생각했다. 돈키호테가 다가가자 아가씨들은 그의 이상한 모습에 흠칫 놀라며 뒤로 물러섰다.

돈키호테는 종이로 만든 투구의 얼굴 가리개를 들어 올리고

주름진 얼굴을 내보이면서 점잖게 말했다.

"피하지 마시오. 나는 세상의 불의를 물리치고 평화를 위해 큰 일을 할, 그 이름도 자랑스러운 기사 돈키호테라 하오. 고귀하신 공주님들께 해를 끼치는 일 따위는 결코 하지 않을 테니 걱정 마시오."

돈키호테의 엉뚱하기 그지없는 말을 들은 아가씨들은 그의 이상한 모습을 훑어보면서 키득키득 웃기 시작했다.

마침 그때, 저쪽에서 뚱뚱한 여인숙 주인이 달려나와 공손하게 허리를 굽혔다.

여인숙 주인은 갑옷을 입고 창과 방패를 든 돈키호테를 보는 순간 겁이 났다.

"어서 오십시오, 기사님. 하룻밤 묵을 곳을 찾으신다면 누추하지만 저의 집에서 쉬어 가십시오. 그런데 이걸 어떻게 하죠? 기사님이 쓰실 침대가 없는데…….."

돈키호테는 자신을 정중하게 대하는 주인을 성주라고 생각하고 금세 기분이 좋아졌다.

"성주님, 그런 것은 신경 쓰지 마십시오. 기사란 들이나 산, 아무 곳이나 몸을 누이는 곳이 잠자리인데 침대가 무슨 소용이 있겠습니까?"

돈키호테가 제정신이 아니란 걸 바로 알아차린 주인은 금방이라도 터져 나올 것 같은 웃음을 참으며 조롱 섞인 말투로 대꾸했다.

"그렇다면 말에서 내려 이리로 오십시오."

로시난테의 등에서 힘겹게 내린 돈키호테는 주인에게 말고삐를 건네주며 말했다.

"이 말은 세상에서 가장 훌륭한 명마 로시난테입니다. 그러니 잘 보살펴야 할 것이오!"

"네, 알겠습니다."

주인은 그의 기분을 상하지 않게 하려고 적당히 대답한 다음, 말을 마구간으로 끌고 갔다.

"뭘 드시겠습니까?"

여인숙 주인이 물었다.

"배가 고프니까 무엇이든지 있는 대로 주시오."

"어떻게 하죠? 오늘은 금요일이라 고기를 먹을 수 없는 날이 거든요. 소금에 절인 마른 대구가 조금 있어요."

"아, 그래요? 그거라도 좀 주시오. 하루 종일 무거운 갑옷을 입고 다녔더니 배가 몹시 고프오. 이 상태로는 전투에 나가도 싸울 수가 없겠소."

주인은 문 입구에 놓인 탁자에 딱딱하게 마른 대구와 곰팡이 가 핀 시커먼 빵 한 조각을 가져다 놓았다.

그러나 돈키호테는 투구의 눈가리개를 양손으로 들어 올리고 있어야 했기 때문에 한 입도 먹을 수가 없었다.

"아름다운 공주님들이여, 수고스럽겠지만 이 음식을 저에게 좀 먹여 주시겠소?"

돈키호테의 말을 들은 두 아가씨는 번갈아 가며 음식을 먹여 주었고, 주인은 갈대 줄기를 끊어 빨대를 만든 다음 포도주를 마시게 도와주었다.

"참으로 훌륭한 요리로군. 고급 생선 요리와 빵, 게다가 포도주까지……. 정말 고맙소."

돈키호테는 맛있는 음식을 먹어 매우 만족스러운 듯, 흐뭇한 표정을 지으며 고개를 끄덕였다.

그때, 돼지를 잡아 가죽을 팔아서 먹고 사는 사나이가 여인숙으로 들어왔다.

"아주 재미있는 구경거리가 생겼군."

사나이는 갑옷과 투구를 입고 있는 돈키호테를 보면서 낄낄거리며 웃어 댔다. 그러고는 주인이 버린 갈대 줄기를 주워 피리 부는 흉내를 냈다.

그 모습을 본 돈키호테는 성에서 자기를 환영하는 음악이 연주되고 있다고 생각해 더욱 기분이 좋아졌다. 이제 그는 한시라도 빨리 정식 기사로 임명을 받고 싶었다.

돈키호테는 여인숙 주인을 마구간 쪽으로 데려간 뒤 무릎을 꿇고 공손하게 말했다.

"성주님, 드릴 말씀이 있습니다."

"하실 말씀이라니요? 무엇입니까?"

여인숙 주인이 깜짝 놀라 물었다.

"오늘 밤 성주님이 저에게 기사 임명식을 하셔서, 제게 기사의 자격을 주십시오. 그래야만 제가 당당한 기사의 이름으로 약한 자를 돕고, 나라를 위하는 의무를 다할 것 같습니다."

'어휴! 이 사람, 진짜 제정신이 아니로군.'

돈키호테가 정상이 아니란 걸 알아차린 주인은 슬그머니 장난기가 돌았다.

"알았소. 당신이라면 기사가 되기에 충분하오. 그런데 어떻게 하나……. 저의 집, 아니 저의 성에는 기사 임명을 할 만한 교회가 없답니다. 새로 지으려고 얼마 전에 헐어 버렸지요. 그러니 당신의 기사 임명식은 오늘 밤 우리 성 뒤뜰에서 하는 수밖에 없겠소."

"좋습니다."

"그런데 임명식을 하려면 돈이 있어야 하지 않겠소?"

"우리 기사들은 돈 따위는 갖고 다니지 않소. 기사가 돈을 가지고 다녔다는 이야기는 어느 책에도 씌어 있지 않소."

"책에야 그렇게 씌어 있었겠지만, 돈이 없으면 여러 가지 불편한 점이 많지요. 갈아입을 속옷 값도 있어야 하고, 부상당했을 때 필요한 약값 같은 것은 소설 쓰는 사람이 안 적은 거지요. 산속에서 상처를 입었을 때도 돈이 있어야 하거든요. 옛날의 기사들은 먼 길을 나서기 전에 이런 것을 꼼꼼하게 갖추고 떠났는데……."

"듣고 보니 그렇긴 합니다만, 지금은……."

"좋소. 그럼 뒤뜰에 있는 갑옷이나 잘 지키시오."

성의 뒤뜰이라고 하는 곳은 여인숙 마당에 있는 우물가였다.

돈키호테는 여인숙 주인의 말대로 당장 갑옷과 투구를 우물가
에 있는 물통 위에 올려놓았다. 그리고 방패와 창을 들고 보초
병처럼 왔다 갔다 하면서 갑옷과 투구를 지켰다.

날이 완전히 어두워졌다.

그때 여인숙에 묵고 있던 다른 마부가 자기 말에게 물을 먹이려고 우물가로 나왔다.

"잠깐만……. 말에게 물 좀 먹이겠소."

마부는 물통 위에 올려놓은 투구와 갑옷을 들어 올렸다.

"이 무례한 놈! 감히 소중한 갑옷과 투구에 손을 대다니……. 도저히 용서할 수 없다!"

돈키호테는 들고 있던 창으로 마부의 머리를 내리쳤다.

"으악!"

마부는 그 자리에 쓰러졌다.

그때 또 다른 마부가 물을 가지러 왔다가 돈키호테의 창에 쓰러졌다. 소문을 들은 마부들이 전부 우물가로 달려와 돈키호테를 둘러싸고 돌을 던지기 시작했다.

"안 돼요. 저 사람은 정상이 아니에요."

주인이 달려와 마부들을 말렸다.

'안 되겠다. 빨리 기사 임명식인가 뭔가를 해서 저 사람을 내보내야지, 그러지 않으면 큰일 나겠다.'

"자, 기사님. 임명식을 시작하도록 합시다."

여인숙 주인은 심부름하는 아이에게 촛불을 들린 채 두 아가씨를 데리고 돈키호테 앞으로 걸어갔다. 그의 손에 들린 여인숙 장부는 돈키호테에게 멋진 성경책으로 보였다.

돈키호테가 무릎을 꿇었다.

"오늘 밤 여인숙에 들어온 손님은……, 내일 아침 식단은 어쩌고 저쩌고, 마지막으로 부탁할 말은 말에게 먹일 풀은 마구간에 저장할 것이며……."

여인숙 주인은 여인숙 장부에 씌어진 글을 읽어 내려갔다.

돈키호테는 엄숙한 표정으로 듣고 있었다.

여인숙에 들었던 손님들은 모두 해괴망측한 모습을 보면서 키득키득 웃어 댔다.

"자, 이로써 기사 임명식을 마치겠소."

칼집에서 칼을 빼어 든 여인숙 주인은 칼등으로 돈키호테의 목과 등을 세게 내리쳤다.

"신이시여, 이 기사님이 부디 많은 악당을 물리치고, 전쟁마다 승리를 거두어 이름을 널리 떨치도록 지켜 주소서!"

"고맙습니다, 성주님. 이 은혜는 결코 잊지 않겠습니다."

돈키호테는 아픔을 꾹 참으면서 간신히 입을 뗐다.

# 멍청이 시종

돈키호테는 아침 일찍 여인숙에서 나왔다. 로시난테의 등에 올라탄 돈키호테는 자신이 진짜 기사가 되었다는 사실이 얼마나 자랑스러운지 몰랐다.

'돈이 없으면 여러 가지로 불편하지요. 갈아입을 속옷 값도 있어야 하고, 부상당했을 때 약값 같은 것도……. 옛날의 기사들은 먼 길을 나서기 전에 이런 것을 꼼꼼하게 갖추고 떠났는데 …….'

갑자기 여인숙 주인이 했던 말이 생각났다.

"그래, 일단 집으로 돌아가자."

돈키호테는 고향을 향해 말을 몰았다. 필요할 때를 대비해 돈도 마련하고, 기사답게 시종도 한 사람 데려와야겠다고 생각했

기 때문이었다

집으로 돌아가던 돈키호테가 마을 입구에 다다랐을 때였다.

맞은편에서 노새를 탄 비단 장수들이 다가오고 있었다.

'옳거니, 내 실력을 보여 줄 때가 왔다.'

이렇게 생각한 돈키호테는 그들을 향해 창을 빼어 들었다.

"자, 덤벼라! 나는 세상을 악에서 구해 낼 용맹스러운 기사 돈키호테 님이시다! 나의 모든 것을 바친 둘시네아 공주를 세상에서 가장 아름다운 아가씨로 인정하지 않으면 아무도 이 길을 통과할 수 없다!"

상인들은 어안이 벙벙했으나, 곧 상대가 정상이 아니란 걸 알고 농담 삼아 대답했다.

"기사님, 그럼 그 공주님을 만나게 해 주시오. 공주님을 만나 정말로 아름다운 분이라면 당신 말대로 하겠소."

"뭐라고? 만나지 않아도 틀림없는 말을 믿지 않다니……. 더 이상 용서할 수 없다! 기사도 법에 따라 한 명도 남김없이 때려 눕혀 주겠다!"

돈키호테는 화를 버럭 내면서 창을 높이 쳐들었다. 그런데 너무 급하게 말을 모는 바람에 로시난테가 돌부리에 걸려 넘어지고 말았다.

"덤벼라, 이 비겁한 놈들아! 이건 명마 로시난테의 실수이지,
내 실수는 아니야!"

돈키호테는 고래고래 고함을 치면서 일어나려고 했지만 갑옷
의 무게 때문에 얼른 일어날 수가 없었다. 상인들은 돈키호테의
모습을 보면서 배를 쥐고 웃어 댔다.

"무, 무슨 짓이냐. 이 악당들아! 으윽⋯⋯."

상인들 중 한 사람이 앞으로 나서더니 돈키호테의 창을 빼앗
아 사정없이 그를 두들겨팼다. 갑옷을 입긴 했지만 견디기 어려
울 정도로 아팠다.

"감히 내 몸에 손을 대다니, 용서할 수 없다!"

　상인들은 아직도 고함을 버럭버럭 질러 대는 돈키호테를 보고 킬킬 웃으면서 그곳을 떠나 버렸다. 비참한 몰골로 고꾸라진 돈키호테는 기사 소설의 한 대목을 중얼거렸다.

　"진정한 기사의 길은 멀고도 험난한 것……."

　그때 마침 같은 마을에 사는 농부가 그곳을 지나가다가 쓰러져 신음하는 돈키호테의 모습을 보게 되었다.

　"아니, 이거 돈키호테 님 아니십니까? 어쩌다가 이런 험한 봉변을 당했습니까?"

　"창과 방패로 무장한 수십 명의 적과 싸우다가 약간 다쳤네.

하지만 괜찮아."

"괜찮기는……. 내가 보니까 엄청 다쳤는데……."

친절한 농부는 그를 끌어올려 로시난테의 등에 태워 주었다.

돈키호테는 해가 질 무렵이 되어서야 마을에 도착했다.

그 무렵, 집에서는 조카딸과 가정부가 신부와 이발사에게 도움을 청하고 있었다.

"주인님의 정신이 이상해진 것은 기사 이야기 때문이에요. 어떻게 하면 좋을까요?"

"다시는 책을 보지 못하게 모조리 불살라 버립시다."

이런 이야기를 나누고 있는데, 누군가 돈키호테가 돌아왔다는 소식을 전해 주었다. 조카딸과 가정부는 신부와 이발사를 비롯한 마을 사람들과 함께 쫓아 나갔다.

"내 모습을 보고 놀라지 마라. 나는 이 세상에서 가장 잔인한 적 열 명과 맞붙어 싸워, 그들을 신나게 해치워 버렸거든. 명예로운 기사라고 축하해 주게나."

'저 사람이 또 무슨 짓을 할지 모르겠군.'

신부와 조카딸을 비롯한 주변 사람들의 생각은 모두 같았다. 그래서 돈키호테가 두 번 다시 나쁜 공상에 빠지지 않도록, 산더미처럼 모아 놓은 기사 소설들을 모조리 불살라 버렸다.

게다가 서재는 벽으로 막아 버렸다.

집으로 돌아온 지 사흘째, 기력을 되찾은 돈키호테는 서재 쪽으로 발길을 돌렸다.

"어? 여기 있던 문이 어디로 갔지? 악마가 나타났었나?"

"네, 주인님이 집을 나가던 날 악마가 구름을 타고 방으로 날아 들어가더니 책을 모두 갖고 가 버리고, 문은 아예 막아 버렸어요."

가정부가 적당히 꾸며서 말했다.

"그래? 그럼 하는 수 없지."

돈키호테는 중얼거리면서 시종으로 생각해 둔 농부 산초 판사를 찾아갔다. 산초 판사는 마음씨는 착하고 정직했지만, 머리는 약간 모자라는 사람이었다.

"나를 따라가지 않겠느냐? 나는 전쟁에서 승리하고, 섬 하나쯤은 손쉽게 얻을 수 있게 될 거다. 네가 원한다면 그 섬의 영주 자리에 앉게 해 주겠다. 어때?"

이야기를 진짜라고 믿은 산초는 돈키호테의 시종이 되겠다고 약속해 버렸다.

"알았습니다. 당장에 떠날 준비를 하겠습니다."

"좋아. 아무에게도 말하지 말게."

돈키호테는 집으로 돌아와 돈이 될 만한 물건들을 닥치는 대로 팔았다. 그러고는 망가진 갑옷과 투구를 손질한 다음, 어느 날 밤 산초를 데리고 아무도 모르게 집을 나섰다.

'나도 큰 땅덩어리를 가진 섬의 영주가 된다. 이 얼마나 황홀한 일이더냐.'

산초 판사는 절로 신이 났다. 들판을 지나면서 산초가 물었다.

"주인님, 약속한 섬의 영주 자리는 어떤 일이 있어도 주실 거죠? 얼마나 큰 섬인지 상상이 안 되지만 저는 아무리 큰 섬이라도 잘 다스릴 수 있습니다."

"걱정 마라. 영주가 문제더냐? 옛날부터 기사는 창 한 자루로 공을 세워 한 나라의 주인이 되었고, 주인이 된 후에는 반드시 따르던 시종을 영주로 앉혔다. 아니, 내 충직한 시종인 너에게는 왕이라도 시켜 주마!"

"제가 왕이 된다면 아내는 왕비가 되고, 제 아들은 왕자가 되는 건가요?"

"그렇지! 모든 것은 신께서 알아서 해 주실 거다. 그러니 아무 걱정 말아라."

두 사람은 들판을 걸어가면서 용감한 기사와 영주가 된 기분에 흠뻑 젖어 있었다.

# 풍차야, 덤벼라

며칠 후, 그들은 밀을 찧는 풍차 방앗간이 보이는 언덕을 지나게 되었다.

"옳거니, 하늘이 저 거인들을 몰살시키고 악의 씨앗을 제거하라는 기회를 주는구나!"

"네에? 거인이라니요?"

"너에겐 팔이 긴 거인이 보이지 않느냐?"

"에이, 주인님, 그건 풍차입니다. 주인님께서 팔이라고 하는 것은 풍차 날개고요."

"저건 틀림없는 거인이다. 무서우면 기도나 하고 있어라. 나 혼자서 저놈들과 멋진 승부를 벌일 테니……."

돈키호테는 창을 번쩍 처들더니 채찍으로 로시난테의 엉덩이를 내리쳤다. 때마침 강한 바람이 불어 와 풍차가 돌기 시작했다.

돈키호테는 목청이 터져라 소리를 지르며 쏜살같이 돌진했다.

"도망가지 마라, 이놈들아! 이 기사가 모조리 무찔러 주겠다!"

돈키호테는 전속력으로 달려가, 맨 앞에 있는 풍차를 향해 창을 휘둘렀다.

그 순간, 창이 풍차에 휩쓸려 들어가 산산조각이 나고 말았다. 그리고 로시난테가 우뚝 서 버리는 바람에 돈키호테는 말에서 굴러 떨어지고 말았다.

"맙소사! 제가 풍차라고 말씀드리지 않았습니까? 머리가 돌지 않고서야 이걸 어떻게 거인이라고 생각합니까?"

산초가 달려와 돈키호테를 일으키며 말했다.

"닥쳐라, 산초! 이건 분명히 내 책을 불태워 버린 악마들이 거인들을 풍차로 둔갑시켜 내가 공을 세우지 못하게 하려는 수작이 분명하다! 내 정의의 창으로 그들을 무찌르고 말겠다!"

산초는 돈키호테를 가까스로 부축해서 로시난테의 등에 올려 놓았으나, 말 역시 어깨뼈가 어긋나 심하게 비틀거렸다.

"그 옛날, 디에고 페레스 데 바르가스라는 기사 역시 전투 중에 칼이 부러졌지. 하지만 그는 참나무 가지로 창을 만들어 큰

공을 세웠다고 한다. 나도 창 대신 참나무 가지로 창
을 만들어 공을 세워야겠다."

　돈키호테는 혼잣말처럼 중얼거렸다.

　"알겠습니다. 공을 세우기 전에 기울어져 있는 허리

나 바로 펴십시오. 다시 말에서 떨어지는 일이 없도록 말이죠."

"알았다. 역시 넌 나의 충실한 시종이구나."

그들은 그날 밤을 숲속에서 지내게 되었다. 돈키호테는 참나무 가지를 꺾어 그 끝에 창날을 매어 새 창을 만들었다.

다음 날, 그들이 어떤 마을 입구에 다다랐을 때였다. 마침 나귀를 탄 두 명의 수도사와 그 뒤를 따르는 마차 일행이 반대편에서 오고 있었다. 마차 안에는 귀부인이 타고 있었고, 뒤에는 대여섯 명의 여인들이 따르고 있었다. 이것을 본 돈키호테의 머릿속에는 또 엉뚱한 생각들이 뭉클뭉클 일어나고 있었다.

"옳거니! 이거야말로 후세에 길이 전할 영웅적인 일이다. 두 마리의 괴물이 공주님을 납치해 끌고 가고 있지 않느냐? 저런 모습을 보고 그냥 지나친다면 기사가 아니지."

"주인님, 저건 괴물이 아니라 길을 가고 있는 수도사입니다."

"이런 겁쟁이……. 귀신은 속여도 내 눈은 못 속여. 틀림없이 악마들이 연약한 공주를 유괴해서 끌고 가는 거야. 괴물들아! 당장에 공주를 풀어 주고 내 앞에서 무릎을 꿇어라!"

돈키호테가 소리를 지르며 다가가자 수도사들은 나귀의 걸음을 멈추고 어리둥절한 표정으로 바라보았다. 그 순간 돈키호테가 수도사에게 덤벼들었다. 한 수도사가 땅바닥에 곤두박질쳤다. 이것을 본 다른 수도사는 재빨리 들판을 가로질러 도망쳐 버렸다. 산초는 땅바닥에 쓰러진 수도사에게 달려들어 옷을 벗기기 시작했다.

"이놈아! 뭘 하는 거냐?"

마차를 몰던 마부가 소리쳤다.

"우리 용감한 주인님의 첫 전투와 그 전투에서 거둔 승리를 기념하는 전리품을 얻기 위해서이다!"

"별 이상한 놈들이 다 있군!"

마부의 말을 들은 귀부인의 하인들이 산초에게 달려들어 다짜고짜로 짓밟고 턱수염까지 뽑아 버렸다. 그 틈을 타서 수도사는 얼른 나귀를 타고 먼저 달아난 수도사 쪽으로 달아났다. 마차 안에 있던 부인은 하인들의 호위를 받으며 세비야로 가던 중이었다. 그런데도 유괴당한 것을 구했다고 생각한 돈키호테는 어깨를 으쓱거리며 다가갔다.

"공주님, 공주님을 납치해 가려던 놈을 이 창으로 처치해 버렸습니다. 당신을 구해 준 이 용감한 기사가 누군지 아십니까? 돈키호테라고 하는 기사입니다. 혹시 가는 길에 저의 둘시네아 공주님이 계신 곳을 지난다면 공주님에게 제가 세운 공로를 전해 주시기 바랍니다."

그 모습을 보고 있던 마부가
돈키호테 앞으로 와서 창을
붙잡으며 소리를 버럭 질렀다.

"이 멍청아! 빨리 비켜 서라!
우리는 갈 길이 바쁘다."

"뭐라고? 이런 건방진 놈! 나도
너 같은 얼간이를 상대할 시간이
없다. 나는 기사만 상대한다."

"뭐야?"

두 사람은 금방 무기를 빼어들
고 마주 섰다.

　먼저 돈키호테가 창을 휘두르자 마부는 재빨리 마차 안에 있던 방석을 방패 삼아 막아 낸 후에, 자신의 칼로 돈키호테의 팔을 내리쳤다. 투구가 부서지고 왼쪽 귀에 상처가 생겼다.

"오오, 내 영혼을 사로잡은 아름다운 둘시네아 공주여! 그대의 기사를 지켜 주시오! 이 몸은 아름다운 공주를 섬기기 위해 목숨을 건 싸움을 하고 있소!"

공격을 당한 돈키호테는 간절한 목소리로 둘시네아 공주에게 기도를 했다. 그러고는 상처 입은 사람이라고는 도저히 믿기지 않을 만큼 맹렬한 기세로 창을 휘둘렀다. 그의 공격에 마부는 온몸이 상처투성이가 되었다.

그러자 귀부인이 나서서 살려 달라고 빌었다.

"자비로우신 기사님, 자비를 베풀어 목숨만은 살려 주시오."

"공주님의 청을 들어 주겠소. 대신 사랑하는 둘시네아 공주를 찾아가 내 활약을 반드시 전하겠다고 약속해 주시오!"

"그렇게 하지요. 우리는 당장 둘시네아 공주를 찾아가겠소."

귀부인은 둘시네아가 어디에 사는지도 묻지 않은 채 부리나케 하인들을 데리고 떠났다.

"와아, 우리 주인님! 대단하다."

"이 정도 가지고 뭘. 이런 건 모험 축에도 들지 않아."

"이번 싸움으로 손에 들어온 섬을 제게 주십시오. 멋지게 다스리겠습니다."

"산초, 너무 조급하게 굴지 말아라. 느긋하게 기다리면 정말로 자네 마음에 쏙 드는 멋진 섬을 하나 줄 테니까…….”

또다시 여행길에 오른 두 사람은 해질 무렵, 양치기들이 머무는 오두막에 다다랐다. 둘은 그곳에서 하룻밤을 지내기로 했다.

고기를 구워 먹고 있던 양치기들이 두 사람을 보고 식사를 권했다. 돈키호테는 사료통을 거꾸로 엎어 놓고 그 위에 앉아 불 가를 빙 둘러 있는 양치기들을 바라보며 기사도에 대한 한바탕 연설을 했다. 양치기들은 돈키호테의 말이 무슨 뜻인지 전혀 이해하지 못한 채, 얼떨떨한 표정으로 그저 귀만 기울이고 있었다.

양치기들의 극진한 대접이 자신의 용감함 때문이라고 믿은 돈키호테는 오랜만에 기분 좋은 잠에 빠져들었다.

아침이 밝았다. 기사와 산초는 산속 깊숙이 들어와 작은 시내 근처에 이르렀다. 햇살이 따가워지자 두 사람은 잠시 그곳에서 쉬어 가기로 했다. 돈키호테와 산초는 자루 안의 음식을 나눠 먹으며, 로시난테와 당나귀도 풀을 뜯어 먹을 수 있게 풀어 놓았다.

풀을 뜯던 로시난테는 시냇물을 마시고 있는 암말들을 발견하고 다가갔다. 한가롭게 풀을 뜯고 있던 암말들은 낯선 침입자가 나타나자 사정없이 발길질을 해댔다.

냇가에서 쉬고 있던 짐꾼들까지 몽둥이를 들고 달려와 로시난테를 땅바닥에 쓰러뜨리고 짓밟아 댔다.

"히히히힝……."

로시난테의 숨넘어가는 비명 소리를 들은 돈키호테는 음식을 먹다 말고 허겁지겁 소리나는 쪽으로 달려갔다.

"이 나쁜 녀석들아! 내 명마를 죽일 셈이냐?"

돈키호테는 울컥 화가 치밀어 창을 빼어 들고 소리쳤다.

"주인님, 그만두는 게 좋을 것 같습니다. 저놈들은 스무 명이나 되는데, 우리는 단둘뿐이잖아요!"

산초가 말렸다.

"비겁하기는……. 걱정 마라! 저 정도는 문제 없다!"

돈키호테는 짐꾼들을 향해 덤벼들었다.

산초도 주인의 말에 용기를 내어 몽둥이를 들고 뒤따랐다. 그러나 상대는 스무 명이 넘는 무지막지한 짐꾼들이었다.

결국 두 사람은 형편 없이 얻어맞아 쓰러지고 말았다.

"주, 주인님……. 으윽, 허리뼈가 어긋났나 봅니다."

산초가 신음 소리를 내자 돈키호테 역시 허리를 쓰다듬으며 고통스럽게 말했다.

"으윽, 나 같은 기사가 저따위 불량배들을 향해 창을 뺀 것이 잘못이었다. 기사도 법을 어긴 벌이다. 그런 놈들은 너에게 맡겨 두었어야 했는데……."

"네에? 전 싸움 같은 건 질색이라고요. 도대체 그 기사도라는 것이 사람 잡을 법이군요. 오늘 저나 주인님이 죽지 않은 것이 기적이니까요."

"이 정도의 고통도 꿋꿋이 견디지 못해서야 어찌 영주가 될 수 있겠느냐? 국왕이나 황제가 되는 것이 그렇게 쉽다면 개나 소나 다 황제가 되겠다. 그건 그렇고, 다행히도 멀쩡한 네 당나귀에 나를 태워 상처를 치료할 수 있는 가까운 성으로 데리고 가 주었으면 좋겠구나."

산초는 겨우 몸을 일으켜 당나귀를 끌고 와 주인을 태웠다. 그러고는 반죽음을 당한 로시난테를 끌고 쓰러질 듯 비틀비틀 걷기 시작했다. 그렇게 한참을 가다 보니 멀리 조그마한 여인숙이 나타났다.

"오, 우리를 맞이해 줄 성이 보이는구나. 산초! 하늘이 나를 훌륭한 기사라고 인정하고 있다는 증거다."

당나귀 등에 엎드려 있던 돈키호테가 고개를 들며 말했다.

돈키호테와 산초가 겨우 여인숙에 들어서자, 주인 부부와 허드렛일을 하는 하녀가 이들의 처참한 몰골을 보고 깜짝 놀라 물었다.

"아니, 어떻게 된 일입니까? 누구한테 두들겨 맞기라도 했습니까?"

사실대로 말하는 게 창피해 산초가 얼른 거짓말을 했다.

"주인님은 뾰족한 바위 위로 굴러 떨어져 몸을 다치셨지요. 전 조금 놀랐을 뿐이고요."

돈키호테는 여전히 형편없는 이 여인숙을 성이라고 철석같이 믿고 있었다. 그는 여물 냄새가 폴폴 풍기는 방으로 안내되자마자 낡아 빠진 의자에 나무 판자를 걸친 침대 위로 쓰러졌다. 맘씨 좋은 여인숙 안주인은 딸과 함께 상처투성이인 돈키호테의 온몸에 약을 발라 주었다.

그동안 산초는 기사 이야기를 계속 지껄였다.

"우리 주인님은 이 세상에서 가장 훌륭한 기사랍니다. 수십 명의 거인들을 한꺼번에 해치우곤 했지요."

돈키호테는 과장된 몸짓을 하며 부인의 손을 잡았다.

"내가 누군지 내 시종에게 들으셨지요? 오늘 제게 베푼 친절은 죽을 때까지 잊지 않겠습니다."

여인숙 안주인은 딸을 데리고 밖으로 나가고, 하녀 한 사람이 남아 산초의 상처에도 약을 발라 주었다.

밤이 깊었다. 돈키호테의 공상이 시작되었다. 다락방은 호화로운 궁전의 침실이었고, 널빤지와 거칠게 짠 돗자리는 화려한 비단 이불이 되었으며, 여인숙 주인은 성주로 생각이 되었다.

그때, 어둠 속에서 삐걱삐걱 발소리가 들려 왔다. 돈키호테 일행과 함께 방을 쓰게 된 마부의 부탁으로 허드렛일을 하는 하녀가 물건을 가져다 주러 오는 길이었다. 그런데 사팔뜨기인 뚱보 하녀가 그만 발을 헛디뎌 돈키호테의 몸 위로 넘어지고 말았다. 돈키호테는 아름다운 공주가 자신에게 사랑을 고백하러 왔다고 착각하고 그녀의 손목을 덥석 잡았다.

"아름답고 고귀한 공주님, 이렇게 깊은 밤에도 저를 찾아 주시니 뭐라고 감사의 말씀을 드려야 할지 모르겠습니다. 나를 위한 그대의 마음 모르는 바 아니나, 이미 나는 온 마음을 둘시네아 공주에게 바쳤다오.”

그 소리를 듣던 마부가 벌떡 일어났다.

“이게 무슨 헛소리를 지껄이는 거야!”

마부가 고함과 함께 돈키호테를 발로 뻥 찼다. 그 바람에 낡은 침대가 그 무게를 이기지 못하고 와지끈 무너져 버렸고, 돈키호테는 그만 정신을 잃고 말았다.

하녀는 두려워서 얼떨결에 몸을 피한다는 게 옆에서 세상 모르게 자고 있는 산초의 배 위로 넘어졌다. 그러자 영문을 모르는 산초가 마구 주먹을 휘둘렀다. 하녀도 지지 않고 같이 주먹으로 산초의 머리통을 때렸다.

소란한 소리에 놀라 뛰어온 여인숙 주인이 두 사람을 떼어 놓으려고 하녀에게 달려들었다. 그러자 이번에는 마부가 주인에게 달려들었고, 그들이 소리를 지르는 바람에 밖에서 순찰을 돌던 경찰까지 뒤엉켰다. 여인숙에는 순식간에 크나큰 소동이 벌어지고 말았다. 잠시 후, 정신을 차린 돈키호테는 바닥에 쓰러져 있는 산초를 안아 일으키며 말했다.

“여긴 악마의 성이다! 어둠을 틈타 험상궂은 거인이 내 턱을 쇠몽둥이로 내리치는 바람에 내가 크게 다쳤다. 산초! 내 상처

를 치료하기 위해서는 효력이 뛰어난 신비한 약을 만들어야 한다. 먹는 순간 상처가 나을 수 있는 신비한 약을……. 넌 지금 당장 아래층에 있는 귀부인에게 약의 재료로 쓸 올리브 기름과 소금, 포도주, 그리고 만년향을 달라고 해라."

산초는 온몸이 쑤시고 아픈 것을 참으며 간신히 일어나, 여인숙 안주인에게 돈키호테의 말을 그대로 전했다.

산초가 포도주와 여러 약초를 가지고 오자 돈키호테는 그것들

을 냄비에 넣어 푹 끓였다.

  잠시 뒤, 약이 완성되자 돈키호테는 직접 효능을 시험해 본다면서 한 모금 마셨다. 그 순간 갑자기 저녁에 먹은 것을 모조리 토해 냈다. 시간이 지나자 통증이 가라앉고 이상하게도 몸이 아주 편해졌다. 돈키호테의 회복이 영약의 기적이라고 믿은 산초가 냄비에 남아 있는 약을 가리키며 말했다.

  "주인님, 제게도 약을 좀 나눠 주십시오."

  돈키호테가 허락하자 산초는 냄비를 두 손으로 받쳐 들고 단숨에 들이켰다. 갑자기 산초가 입에 거품을 물고 바닥에 나뒹굴며 고통스러워했다. 그러자 돈키호테가 산초의 등을 가볍게 두드려 주면서 말했다.

  "이 영약은 기사에게만 효과가 있는 것 같구나. 하지만 독이 아니니 아침까지는 틀림없이 가라앉을 것이다."

  "너무하십니다! 알고 있으면서 왜 제가 마시는 것을 가만히 보고만 계셨습니까!"

  끔찍했던 하룻밤이 지나고 날이 밝자마자, 돈키호테는 밤새 약에 시달려 녹초가 되어 있는 산초를 흔들어 깨웠다.

  두 사람이 막 여인숙을 나서려고 할 때 주인이 돈키호테 앞에 계산서를 내밀었다.

"무슨 소릴 하는 거요? 난 악당들에게 고통당하는 사람들을 구하는 기사란 말이오. 지금까지 성에 머물면서 돈 따위를 낸 적이 없소이다!"

그 말이 끝나기 무섭게 돈키호테는 창을 겨드랑이에 끼고 로시난테에게 채찍을 휘두르더니 바람처럼 달려나갔다.

당황한 주인은 미처 도망가지 못한 산초를 붙잡아 당장 돈을 내라고 호통을 쳤다. 산초는 위기를 벗어나기 위해 기사도 법이라고 우겼으나 통할 리가 없었다.

그때 마부들이 달려와 산초를 담요에 둘둘 말아 공처럼 공중으로 던져 올렸다가 떨어지면 받아서 다시 던졌다. 산초는 필사적으로 버둥거리며 비명을 질렀으나 마부들의 장난은 쉽사리 끝나지 않았다. 결국 산초는 기진맥진한 채 당나귀 등에 있던 주머니까지 모두 빼앗기고는 여인숙 밖으로 내동댕이쳐졌다.

산초가 따라오지 않자 돈키호테가 다시 되돌아왔다.

"너를 괴롭힌 요괴들을 때려눕히는 것은 어렵지 않은 일이다. 그러나 기사는 중요한 일이 아니면 함부로 정의의 칼을 빼서는 안 된다. 사소한 일은 그냥 넘어가고 화려한 전투에서 이기는 것이야말로 기사의 참명예인 것을……."

# 양 떼와의 싸움

마을을 떠난 지 여러 날이 되었다. 그날도 산초와 기사도 이야기를 하면서 터덜터덜 가고 있는데, 앞길에 자욱하게 모래먼지가 일었다.

"산초! 이제야말로 내 운명을 시험해 볼 때가 왔구나!

저 언덕 너머에서 셀 수 없을 만큼 많은 군대가 모래먼지를 일으키며 우리 쪽으로 공격해 오고 있지 않느냐!"

산초가 깜짝 놀라 고개를 길게 빼고는 사방을 둘러보면서 소리를 질렀다.

"앗! 저쪽에도 모래먼지가 보입니다. 이건 틀림없이 두 군대가 맞붙으려는 겁니다!"

"네 말이 맞다. 이 벌판에서 큰 전투가 벌어져, 내가 후세까지 이름을 남길 운명의 그날이 온 것이다."

돈키호테는 뽐내며 말했으나 실은 양 떼 무리가 양쪽으로 나뉘어 이동하고 있는 중이었다. 모래먼지가 너무 심해 제대로 알아볼 수 없자, 돈키호테의 특기인 공상이 또 발동해 엄청난 군대가 진군해 오고 있다고 믿은 것이다.

"주인님은 어느 쪽 편을 드시겠습니까?"

돈키호테는 당연하다는 듯이 산초에게 대답했다.

"기사는 힘이 약한 쪽을 도와주는 것이 도리다. 오른쪽에서 오는 군대는 악명 높은 트리포바나섬의 군주 알리판파론 대제가 이끄는 군대다. 그리고 왼쪽 군대는 그의 원수로, 소매를 걷어붙인 가라마타족의 왕이 이끄는 펜타폴린군이지. 저 왕은 전쟁 때마다 꼭 오른쪽 소매를 걷어붙이고 싸우는 습관이 있지."

"어째서 전쟁이 시작됐습니까?"

"너답지 않게 좋은 질문을 해 주었구나, 산초."

돈키호테는 산초를 칭찬해 주며 그 이유를 설명했다.

"그건 바로 사교도인 알리판파론이 참으로 사랑스럽고 아름다운 펜타폴린의 딸에게 반했기 때문이지. 공주의 아버지는 알리판파론이 이슬람교를 버리고 기독교로 종교를 바꾸지 않는 한,

딸을 주지 않겠다고 완강히 거절한 것이다."

"그럼 저도 펜타폴린을 돕겠습니다. 그런데 이런 힘없는 당나귀를 타고 전투를 치를 수 있을까요?"

허둥대는 산초에게 돈키호테가 격려해 주었다.

"우리가 승리하면 훌륭한 말을 얼마든지 손에 넣을 수 있으니 그 당나귀는 버려라! 어쩌면 로시난테도 다른 명마와 바꾸게 될지 모르겠다."

로시난테에게 채찍을 휘둘러 언덕으로 올라간 돈키호테는 모래먼지 속을 뚫어져라 쳐다보더니, 상상의 군대를 머릿속에 떠올리곤 크게 소리쳤다.

"저기를 좀 보아라, 산초! 저기 저 노란 갑옷을 입고 있는 기사가 보이지? 처녀의 발 밑에 꿇어앉은 사자가 그려진 방패를 가지고 있는 기사 말이다. 그는 바로 용맹한 기사 라우르칼코다. 또 황금빛 꽃 모양이 새겨진 갑옷에 은빛 왕관 세 개가 그려진 방패를 가진 기사는 미코콜렘보다!"

돈키호테는 그동안 책에서 읽어 기억에 남아 있는 기사들의 이름을 제멋대로 갖다 붙였다.

산초는 주인이 늘어놓는 황당한 이야기를 들으면서 고개를 갸웃거렸다. 그의 눈에 보이는 것이라곤 모래먼지뿐이었다.

"이상해요. 마치 마법에 걸린 사람처럼, 제 눈에는 아무것도 보이지 않습니다."

"멍청한 녀석! 너에게는 말들의 울음소리와 우렁찬 나팔 소리, 그리고 저 힘찬 북소리가 들리지 않는단 말이냐?"

"네, 저건 양 떼들의 울음소리예요."

"그건 네가 겁을 먹고 있다는 증거다. 산초, 전쟁이 두려우면 뒤로 물러나 있거라. 나 혼자로도 충분하다."

큰소리를 친 돈키호테는 로시난테를 몰아 언덕 아래로 쏜살같이 돌진해 갔다.

"안 됩니다, 주인님! 저것들은 정말로 양 떼라고요! 제발 그냥 돌아오세요!"

깜짝 놀란 산초가 큰 소리로 외쳤으나 돈키호테는 더욱 몸을 꼿꼿이 세우며 모래먼지가 일어나는 쪽을 향해 빠른 속도로 달려갔다.

"여기 라 만차에서 달려온 정의의 기사 돈키호테가 나가신다! 나를 도울 자는 다들 내 뒤를 따르라! 내가 얼마나 용감하게 싸우는지 똑똑히 보게 될 것이다!"

양 떼들이 뛰어다니는 들판 가운데로 들어간 돈키호테는 적병과 싸우듯 양 떼를 치고 찌르기 시작했다.

"이게 뭐 하는 짓입니까? 그만! 그만두어요!"

양치기들이 달려와 외쳤지만 돈키호테의 귀에는 그 말이 들어오지 않았다.

양이 계속 쓰러졌다. 화가 난 양치기들은 허리에 차고 있던 가죽 주머니에서 주먹만 한 돌을 꺼내 돈키호테에게 던졌다.

"알리판파론! 어디로 도망갔느냐! 어서 나와 일대일로 승부를 겨루자! 단숨에 네 목을 날려 주마!"

그때 양치기가 던진 돌멩이가 돈키호테의 옆구리에 맞았다.

"으윽, 분하다. 하지만 이렇게 쉽게 죽을 수는 없다……."

적의 화살을 맞았다고 생각한 돈키호테는, 손을 뻗쳐 말에 매달아 놓은 가죽 주머니 안에 있던 약을 꺼내 마셨다. 여인숙에서 가져온 이상한 약이었다.

그 순간 또다른 돌이 날아와 앞니와 어금니 네 개가 부러졌다.

돈키호테는 더 이상 견디지 못하고 말에서 떨어졌다. 양치기들은 돈키호테가 죽은 줄로만 알고 허둥지둥 도망쳐 버렸다.

깜짝 놀란 산초가 언덕에서 뛰어 내려왔다.

"주인님! 이게 무슨 꼴입니까? 군대가 아니라 양 떼라고 말씀드렸잖아요!"

"산초! 저놈들은 마법을 써서 변신한 거다. 이 전쟁에서 내가

공을 세울 것이 틀림없으니까 악마들이 군대를 양 떼로 둔갑시
킨 것이야. 거짓말이라고 생각되면 양 떼 뒤를 쫓아가 보아라!
놈들은 다시 사람으로 변신했을 것이다. 으윽! 입이 몹시 아프
구나. 내 이가 몇 개나 없어졌는지 좀 봐 다오."

산초는 주인이 아, 하고 벌린 입을 들여다보았다. 그 순간 돈
키호테는 조금 전에 마셨던 약과 음식물을 한꺼번에 토해 냈다.

"크윽! 하필이면 왜 지금 토합니까?"

산초는 얼굴을 찡그리며 수건을 가지러 나귀가 있는 쪽으로
걸어갔다. 그런데 그곳에서는 더 엄청난 일이 벌어져 있었다.
나귀 등에 매달려 있던 돈주머니가 없어진 것이었다.

산초는 갑자기 모든 것이 귀찮아졌다. 지금까지의 보수도, 섬
의 영주 자리도 단념하고 고향 마을로 돌아가고 싶은 마음뿐이
었다.

돈키호테가 로시난테의 고삐를 잡고 천천히 다가왔다. 그리고
우울한 얼굴을 하고 있는 산초를 보더니 부드럽게 말을 걸었다.

"뭐가 걱정인가? 산초, 지금 우리를 괴롭히는 이 어려움도 곧
사라지고 보상받을 날이 반드시 올 것이다. 내가 이렇게 지독한
일을 당한 것도 앞으로 일이 잘 풀려 나갈 징조다."

"지금 그게 문제가 아닙니다."

"그럼 뭐가 문제인가?"

"주인님, 전 재산과 먹을 것이 든 주머니까지 온데간데 없어졌어요."

"뭐? 돈과 먹을 것이 없어졌다고? 그럼 확실한 것은 굶게 되었다는 사실이군."

모든 것을 토해 버린 돈키호테의 뱃속에서도 당연히 꼬르륵 소리가 났지만, 그는 꾹 참으면서 말했다.

"배가 고파서 빵을 먹고 싶다. 그러나 하는 수 없지. 당나귀를 타고 갈 수 있는 것만 해도 행운이다. 하늘은 정의로운 여행을 계속 하는 기사에게는 반드시 구원의 손길을 내밀어 주실 것이다. 하늘은 모기나 파리, 심지어 올챙이에게까지도 자비를 베푸시고, 착한 사람이나 나쁜 사람 모두에게 평등하게 햇살을 비춰 주시는 자비로운 분이니까."

산초는 무겁게 고개를 흔들었다.

"주인님은 차라리 신부가 되는 편이 나을 걸 그랬습니다."

"기사라면 누구나 이 정도는 알고, 말할 줄도 알지."

"아, 오늘 밤에는 제발 무사해야 할 텐데……."

"모든 것은 하늘에 맡기자. 그리고 내 입안을 좀 봐 다오. 이가 몇 개나 빠졌는지 욱신욱신 쑤시는구나."

산초는 돈키호테의 입속으로 손가락을 가만히 넣어 보았다.

"세상에 이럴 수가……! 아래 어금니만 두 개 반이 남아 있고, 위쪽은 완전히 편편한걸요."

"훌륭한 기사가 된다는 것이 쉬운 일이 아니구나! 어금니가 없는 건 맷돌 없는 방앗간이나 마찬가지인데, 하지만 엄격한 기사도 법에 따라 살아가려면 이 정도 불행은 감수해야지. 나의 시종이여, 어디든 우리가 잘 만한 곳으로 안내하거라."

돈키호테의 명령을 들은 산초가 당나귀에 올라타 앞장서서 천천히 걷기 시작했다. 만신창이가 된 돈키호테는 어슬렁어슬렁 그 뒤를 따랐다. 그러나 두 사람이 쉴 만한 여인숙은 어디에도 보이지 않았고, 주위는 어두워지기 시작했다.

그때, 멀리서 횃불을 든 사람들이 다가오고 있었다. 불이 가까워질수록 산초의 두 다리는 후들후들 떨려 제대로 서 있기조차 힘들었다.

"주인님! 요, 요괴들이 아닐까요?"

"그럴지도 모르지."

"어째서 이렇게 재수가 없을까? 가는 곳마다 이상한 것들과 자꾸만 마주치니……."

"걱정 마라. 저들이 요괴라고 해도 너에게는 손가락 하나 대지 못하게 할 테니…….”

돈키호테는 로시난테의 고삐를 꽉 움켜쥔 채 어둠 속을 노려보았다. 노새를 탄 스무 명 정도의 수도사들이 마차를 따라 제각기 횃불을 들고 다가오고 있었다.

돈키호테는 순간적으로 전투에서 중상을 입은 기사나 시체가 마차에 실려 있을 거라고 생각했다. 하느님이 그 불행한 기사를 대신해 자신에게 복수를 맡긴 것이라고 믿었다.

“산초, 넌 가만히 지켜보기만 하면 된다. 내 용기가 어떤 것인지 이제 곧 알게 될 것이다.”

돈키호테는 길 한가운데로 나가면서 일행들을 가로막았다.

“잠깐! 그 마차 안에 무엇이 있나 확인한 후에 이곳을 통과시켜 주겠다. 당신들이 위험한 재난을 만났든, 아니면 나쁜 짓을 했든 일단 나에게 그 사정을 말하라!”

수도사들은 신도의 시체를 묘지까지 운반하는 중이었다. 돈키호테를 정상이 아니라고 생각한 수도사들은 그의 말을 무시하고 그냥 지나치려고 했다. 그러자 돈키호테가 다시 길을 막아서며 호통을 쳤다.

“감히 기사의 말을 거역하다니……. 내 말에 대답을 하든지 아니면 나와 한번 겨루어 보자.”

돈키호테가 갑자기 창을 들이밀자 깜짝 놀란 당나귀가 뒷발로 곧추서는 바람에 맨 앞에 있던 수도사가 말에서 떨어졌다.

기세가 등등해진 돈키호테는 로시난테 위에서 창을 치켜들고 이리저리 휘두르기 시작했다. 아무런 무기도 갖고 있지 않았던 수도사들은 짐을 내팽개치고 달아났다. 그들은 돈키호테가 시체를 빼앗기 위해 온 지옥의 악마라고 생각하고 그대로 달아난 것이다.

"산초, 어떠냐!"

돈키호테가 어깨를 으쓱거리며 말했다. 돈키호테의 용감한 활약을 지켜보고 있던 산초가 감격한 목소리로 말했다.

"우와, 대단합니다. 이제 보니 평소에 말씀하시듯이 주인님은 굉장히 훌륭한 기사가 분명합니다. 수도사들이 보복하러 오기 전에 음식들을 가지고 빨리 여길 떠나는 게 좋겠습니다."

돈키호테는 산초가 재촉을 하는 바람에 로시난테의 고삐를 당겨 달리기 시작했다.

# 놋대야 투구

한참을 달리자 널찍한 초원이 나왔다. 희미한 달빛 아래에서 두 사람은 허겁지겁 주린 배를 채웠다. 배불리 먹고 난 뒤 두 사람은 물을 찾기 위해 풀숲을 헤치며 산길을 더듬어 내려갔다.

한참을 더 가자 희미하게 물 소리가 들렸다. 그런데 그 소리가 점점 커지더니, 폭포와 같은 커다란 울림에 섞여 '쿵, 처르르' 하고 쇠가 마찰하는 듯한 규칙적인 소리로 바뀌었다.

"저 소리는 뭐지? 또다시 악마가 나타난 걸까? 나에게 모험을 하라는 하느님의 계시가 틀림없다. 그래, 산초! 겁쟁이인 너는 여기서 기다리거라. 만일 사흘이 지나도 내가 돌아오지 않으면 너는 마을로 돌아가 나의 사랑스런 둘시네아 공주에게 '돈키호테는 당신에게 어울리는 용감한 기사가 되려고 노력하다 결국 목숨을 잃고 말았다.'고 전해 다오."

"주인님, 오늘만큼은 제발 그 위험한 모험에 뛰어들지 마십시오. 만약 주인님이 죽기라도 하면 가족을 버리고 주인님을 따라온 저는 어떻게 되는 겁니까? 꼭 모험을 하고 싶다면 적어도 아침까지만 기다려 주십시오."

"그만해라, 산초. 네가 잡는다고 해서 뒤로 물러선다면 기사의 명예에 손상이 간다. 하느님이 위험한 모험에 나를 끌어들여 시험하는 것이니 틀림없이 무사히 돌아올 것이다. 그러니 너무 겁내지 말고 기다려라!"

돈키호테의 결심이 흔들리지 않으리란 걸 안 산초는 어둠을 틈타 로시난테의 앞다리를 밧줄로 단단히 묶어 놓았다. 그런 줄도 모르고 돈키호테는 말의 고삐를 당겨 보았다. 그러나 말은 뒷발만 차올릴 뿐 앞으로 나아가질 않았다.

"어떻게 된 거냐, 로시난테!"

"그것 보세요. 하느님이 저를 불쌍히 여기시고 로시난테를 움직이지 못하게 한 거라고요."

"로시난테가 마법에 걸려 움직이지 못하게 되었으니 어쩔 수 없구나. 날이 밝을 때까지 기다리는 수밖에……."

“주인님, 생각 잘하
셨습니다.”

산초는 자신의 꾀에 매우 만족
스러워하며 맘속으로 만세를 불렀다.

날이 밝아 오자 산초는 돈키호테가 눈치채지 못하게
재빨리 말의 앞다리를 묶은 밧줄을 풀었다.

“따라오기 싫으면 고향으로 돌아가라. 네 급료를 지불
하도록 유언장을 고쳐 놓았으니 걱정하지 말고……..”

돈키호테의 말에 감동한 산초는 마음을 고쳐먹고 주인
의 뒤를 따르기로 했다.

돈키호테와 산초는 조심조심 소리가 들려 오는 쪽으로
다가가 보았다.

그러나 밤새 ‘쿵, 처르르’ 하고 소리를 낸 것
은 물레방앗간에서 물이 떨어지며 물레방아
가 도는 소리였다. 악마들이라고 생각했던
돈키호테의 얼굴이 순간 빨개졌다.

산초는 돈키호테를 보고 킬킬 웃어 댔다.

“뭐가 그리 우습냐! 물레방아였기에 망정
이지 이게 만약 악명 높은 거인이었다면 우리는

벌써 저세상에 갔을지도 모른다. 기사는 한순간도 방심해서는 안 되는 법이야!"

갑자기 비가 내리기 시작했다.

산초는 물레방앗간에서 비가 그치기를 기다리자고 했으나 돈 키호테는 고개를 가로저었다. 추적추적 내리는 비를 맞으며 돈 키호테와 산초가 숲속을 지나 큰길에 이르렀을 때였다. 앞쪽에서 당나귀를 탄 남자가 번쩍번쩍 빛나는 물건을 머리에 쓰고 다가왔다.

돈키호테는 멈춰 서서 눈이 부신 듯 가늘게 뜨고 산초에게 말했다.

"'한쪽 문이 닫히면 다른 쪽 문이 열린다'는 속담이 있다. 저길 봐라. 어젯밤에는 물레방아에 감쪽같이 속아 넘어갔지만 이번에야말로 제대로 행운을 만나게 되었다. 저자가 쓰고 있는 것은 전부터 내가 갖고 싶어 했던 황금 투구다. 게다가 저 말은 흰 바탕에 검은색 털을 가진 명마로구나."

"에이, 주인님. 저건 잿빛 당나귀고 머리에 쓴 물건은 세숫대야 같은데요."

"저게 어째서 세숫대야냐? 황금 투구가 분명하다. 넌 물러나 있어라. 내가 원하는 투구를 손에 넣어 보이겠다!"

돈키호테는 다가오는 남자를 노려보았다.

다가오는 사람은 이발사였다. 그는 이웃 마을에 사는 병자의 수염을 깎으러 가는 길에 비가 오자, 새로 산 모자가 젖지 않도록 놋대야를 머리에 뒤집어썼던 것이다.

"멈추어라! 여기서 나와 승부를 겨루든지 그 투구와 말을 깨끗하게 양보하고 가든지 둘 중에 하나 선택하라!"

갑자기 나타난 돈키호테가 창을 들이대며 위협하자, 깜짝 놀란 이발사는 당나귀에서 굴러 떨어져 '걸음아 나 살려라!' 하고 달아나 버렸다.

"보기보다는 형편 없는 녀석이군. 그런데 이 투구는 아무래도 좀 이상하다. 그 녀석 머리가 이렇게 컸나?"

전리품으로 획득한 놋대야를 자신의 머리에 쓰며 돈키호테가 고개를 갸웃거렸다.

산초는 터져 나오는 웃음을 애써 참으며 조롱하듯 말했다.

"진짜 훌륭한 사람만 쓸 수 있는 황금 투구인데요."

"암, 그렇고말고……. 적어도 나 같은 사람이 써야 할 황금 투구인데 뭔가 사정이 있어서 그 가치를 모르는 사람의 손에 넘어갔던 것 같구나."

"그럼 저 말라 빠진 당나귀는 어떻게 하실 겁니까? 허겁지겁

도망친 걸 보면 다시 찾으러 올 리는 없을 것 같은데요.”

산초의 말에 돈키호테는 점잔을 빼며 대답했다.

“다른 사람의 물건을 빼앗는 것은 기사도에 어긋나는 일이다. 하지만 전쟁에서 이겼으니 전리품으로 가지는 것은 괜찮겠지. 그런데 우리에겐 더 멋진 말이 있으니 그냥 내버려두자.”

“안장만이라도 제 것과 바꾸면 안 될까요? 제 당나귀의 안장 보다 훨씬 좋아 보이는데요.”

“정 그렇게 하고 싶다면 바꾸도록 해라.”

허락이 떨어지자마자 산초는 이발사의 당나귀 등에 놓인 안장 을 자신의 당나귀에 옮겨 싣고 다시 길을 걸었다.

# 죄수들을 풀어 주다

잠시 후, 그들에게는 또다른 모험 거리가 생겼다. 쇠사슬에 묶인 열 명 남짓한 죄수들이 관리들의 감시를 받으며 걸어오고 있었다. 말을 탄 두 관리는 총을 들고 있었고, 걷고 있는 관리들도 창과 칼을 들고 있었다.

"수갑이 채워져 있는 걸로 보아 저놈들은 틀림없이 죄를 지은 자들입니다. 그러니 그냥 지나가는 게 좋겠습니다."

산초가 말했다.

"무슨 까닭인지는 몰라도 일부러 법을 어긴 것은 아닐 것이다. 고통당하는 사람들을 도와주는 것이 기사의 도리인데, 못 본 척하고 지나갈 수는 없지."

"하지만 주인님, 법을 어긴 사람은 당연히 거기에 합당한 벌을 받아야 합니다. 이번만큼은 제발 그냥 지나가자고요."

산초가 말렸으나 돈키호테는 들은 척도 하지 않고 앞으로 성큼 나섰다.

"잠깐, 길을 멈춰라! 나는 정의를 실현하기 위해 길을 나선 기사다. 이들을 어디로 끌고 가는지 말해 보라."

관리는 왕의 명령에 따라 죄수들을 군선으로 끌고 가 노역을 시킬 것이라고 짧게 말했다. 돈키호테가 그들이 무슨 죄를 지었는지 물었다.

관리들은 귀찮은 듯이 죄수들에게 직접 물어보라고 말했다.

돈키호테는 죄수들 중 맨 앞의 젊은 남자에게 다가가 무슨 죄를 저질렀느냐고 물었다.

"저는 세탁소의 옷이 든 광주리를 들고 나오다가 잡혔습니다. 그 죄로 등에 채찍을 백 대나 맞고, 그래도 죗값을 덜 치렀다고 징역살이를 하고 있답니다."

돈키호테는 다음 죄수에게도 까닭을 물었다. 그러나 그 남자는 우울한 표정만 지을 뿐 아무런 대답도 하지 않았다. 그러자 첫 번째 죄수가 대신 대답해 주었다.

"이 녀석은 카나리아로 통하기 때문에 앞으로 평생 동안 울면서 지내게 되었답니다."

"카나리아라면 노래를 잘 부르는 새인데, 노래를 부르는 것이
죄가 된단 말이오?"

고개를 갸웃거리는 돈키호테에게 관리가 설명해 주었다.

"으음, '카나리아'라는 말은 고문에 못 이겨 동료의 이름을 고

백한 것을 말하는 은어지요. 이 녀석은 말을 훔친 죄로 잡혔는
데, 동료들을 모두 고자질하는 바람에 그들에게 따돌림을 당하
고 있다오.”

돈키호테는 다른 죄수들에게도 무슨 죄를 지었는지 모두 물어
보았다. 그런데 마지막 죄수는 온몸에 쇠사슬을 친친 휘감고 있

었다. 인상도 고약했다.

"그 녀석은 다른 죄수들이 지은 모든 죄를 합한 것보다 더 많은 죄를 지은 악당이지요. 도망이라도 치는 날엔 큰일이라서 꽁꽁 묶어 놓은 거랍니다. 사형시키지 않은 것만도 다행으로 생각해야지……."

관리의 말에 죄수가 험상궂은 얼굴을 하면서 으르렁거렸다.

"내가 자유의 몸이 되면 네놈을 절대로 그냥 두지 않을 테다!"

"뭐야?"

관리가 화를 버럭 내면서 채찍을 쳐들자 돈키호테가 그의 손을 잡으며 죄수들을 향해 말했다.

"당신들은 비록 죄를 지었지만 일부러 하고 싶어서 한 짓은 아닐 것이오. 여러분, 내가 책임지고 그대들을 쇠사슬에서 풀어 주겠소. 왜냐하면 하늘이 이 기사에게 명을 내렸소. 인간을 죄로부터 구하라고 말이오."

그리고 관리 쪽으로 돌아서면서 말을 이었다.

"이자들은 스스로 죄를 뉘우치면 되는 것이오. 선한 사람에게 복을 주고, 악한 사람에게 벌을 주는 것은 오직 하늘만이 할 수 있는 일이오. 또한 사람이 사람을 재판한다는 것은 옳은 일이라고 볼 수 없소. 그러니 저 사람들을 모두 풀어 주시오. 만약 내 말을 듣지 않으면 정의로운 기사의 창이 이들의 자유를 찾아줄 것이오."

"뭐라고? 별 미친 놈이 다 있군. 네 녀석이 감히 왕의 명령을 거역할 셈이냐?"

"이런 무례한 놈! 감히 기사의 말을 듣지 않다니……."

돈키호테는 소리를 버럭 지르며 누가 말릴 새도 없이 관리를 창으로 쳐서 쓰러뜨렸다. 깜짝 놀란 관리들이 칼과 창을 들고 돈키호테를 둘러쌌다.

그 틈을 타서 산초가 재빨리 죄수들의 쇠사슬을 풀어 주었다.

쇠사슬이 풀린 죄수들이 관리들에게 달려들었다. 관리들은 하는 수 없이 도망치기 시작했다.

"자, 이제부터 여러분은 자유의 몸이 되었소. 이는 하늘의 뜻이오. 그러니 하느님께 감사드리고 착한 사람으로 다시 태어나시오. 세상에서 가장 배은망덕한 일은 자신이 받은 은혜를 잊어버리는 것이오. 당신들은 지금 당장 그 쇠사슬을 메고 나의 사모하는 둘시네아 공주에게 가서, 이 기사의 은혜로 자유를 찾았다고 말해야 하오."

돈키호테의 말이 끝나자마자 온몸에 쇠사슬을 친친 휘감고 있던 죄수가 투덜거렸다.

"그것은 무리한 주문이오. 우리들이 만약 함께 돌아다닌다면 다시 붙잡혀 갇힐 게 뻔하지 않습니까? 관리들이 우릴 찾으러 다닐 테니까요. 당신이 사랑하는 둘시네아 공주에게 인사하는 대신 성모 마리아께 기도나 하겠소."

"이 배은망덕한 놈! 내 명령을 거역하면 그냥 두지 않을 테다!"

돈키호테가 창을 번쩍 들자 죄수들은 땅에 있는 돌을 주워 던지기 시작했다. 돌이 빗발치듯 날아왔다.

돌에 맞은 로시난테는 비명을 지르며 이리 뛰고 저리 뛰었고, 돈키호테도 돌에 맞아 말에서 굴러 떨어졌다. 한 죄수가 다짜고짜 덤벼들더니, 그가 쓰고 있던 놋대야를 빼앗아 납작하게 찌그러뜨려 놓았다. 그리고 와들와들 떨고 있는 산초에게도 달려 들어 속옷만 남기고 모조리 빼앗아 달아났다.

"저런 은혜도 모르는 놈들이 있나? 산초, 네 이야기를 들었더라면 이런 일은 일어나지 않았을 텐데……. 정의를 위해 일한 결과가 이 꼴이라니, 하늘도 무심하시지."

"주인님, 지금 그게 문제가 아닙니다. 죄수들이 도망친 것을 알면 관리들이 달려와 우리를 그냥 두지 않을 것입니다. 그러니 재빨리 깊은 산속으로 달아나야 합니다."

"오냐. 하지만 기사의 임무를 다하기 위해 잠시 산속으로 모습을 감추는 것일 뿐, 누구에게라도 내가 비겁하게 도망쳤다는 따위의 이야기를 해선 안 된다."

"그럼요. 주인님은 절대 비겁한 사람이 아닙니다. 앞으로도 이름을 떨쳐야 할 일들이 많아 잠시 몸을 숨기는 것이지요."

돈키호테는 비틀거리는 로시난테의 등에 올라타고 산속으로 터벅터벅 들어갔다. 그날 밤은 커다란 바위 뒤에서 떨면서 잠을 자야 했다.

"에구머니, 당나귀가 없어졌다! 태어날 때부터 온갖 정성을 다 들인 당나귀인데……. 이건 틀림없는 악마의 짓이야!"

아침에 눈을 뜬 산초가 땅을 치면서 엉엉 울었다.

"다 큰 어른이 그 정도 일로 울다니……. 걱정 말아라. 무슨 일이 있어도 네 당나귀를 찾아주겠다. 만약에 찾지 못한다면 집에 남겨 두고 온 다섯 마리 당나귀 중 세 마리를 너에게 주마."

산초는 즉시 눈물을 그쳤다. 밤에 당나귀를 훔쳐 간 범인은 바로 두 사람의 도움으로 풀려난 죄수들이었다. 그들 역시 돈키호테와 같은 산으로 도망쳐 왔던 것이었다.

"가자. 우리 앞에는 더 큰 시련이 기다리고 있을 것이다."

돈키호테는 아직도 당나귀 때문에 우울해 하는 산초를 달래며 깊은 산속으로 계속 더 들어갔다.

# 이상한 사나이

며칠이 흘렀다.

"아니, 저게 뭐야?"

길을 가던 돈키호테는 숲속에서 짐승처럼 뛰어가는 젊은 남자를 발견했다. 머리카락과 수염은 제멋대로 자라 있고, 옷이라곤 낡은 반바지만 달랑 하나 걸친 채였다.

'누굴까? 왜 저런 꼴로 이 산에서 살고 있을까?'

돈키호테의 궁금증은 쉽사리 가시지 않았다.

그때 양치기 노인이 다가와서 그에 대해 말해 주었다.

"반 년 전쯤 우리 양치기들이 묵고 있는 오두막으로 한 젊은이가 찾아왔지요. 그가 어디로 갔는지는 아무도 몰라요. 가끔 내

친구들이 이곳을 지나다가 먹을 것을 빼앗긴 적이 있는데, 아마도 그 젊은이 짓인 것 같소. 처음에 들어왔을 때는 귀족처럼 기품도 있어 보이던데……."

양치기의 얘기를 들은 돈키호테는 어떻게 해서든 그를 찾아야겠다고 생각했다.

며칠 후, 돈키호테는 바위 위에서 그 벌거숭이 젊은이를 발견했다. 돈키호테는 오랜만에 만나는 친구라도 되는 양 반갑게 달려갔다.

"뉘신지요?"

젊은이가 깜짝 놀라며 물었다.

"나는 세상 사람들의 불행을 없애고 고민을 해결해 주는 돈키호테라는 기사요. 보아하니 이런 곳에서 고생할 분은 아닌 것 같은데, 왜 산속에서 이렇게 사는지 알고 싶소."

"배가 고프니 먹을 것이나 좀 주시오."

산초가 주머니에서 먹을 것을 꺼내 주었다.

이상한 사나이는 며칠을 굶었는지 산초가 꺼내 주는 음식을 정신 없이 먹어 댔다.

"제가 이야기를 하는 도중에 절대로 말을 하지 말아 주십시오. 난 누가 말을 해 버리면 더 이상 이야기를 못한답니다."

젊은이는 먼저 그렇게 말해 놓고 나서 자신의 사연을 늘어놓기 시작했다.

"저는 카르데니오라고 합니다. 귀족 가문 출신으로 남부럽지 않게 살았지요.

저에게는 어렸을 때부터 가깝게 지내던 루신다라는 아름다운
아가씨가 있었어요. 그 아가씨와는 결혼 약속까지 했답니다. 어
느 날 저는 멀리 떨어진 마을의 영주로부터 장남의 공부 벗이 돼
달라는 부탁을 받았지요. 아버지의 강한 권유로 어쩔 수 없이
그 집으로 들어갔지만, 루신다가 보고 싶어서 미칠 것만·같았습
니다. 그러다가 영주의 둘째 아들인 페르난도와 친하게 되었습

니다. 어느 날, 나는 며칠 동안의 휴가를 받아 페르난도와 함께 루신다를 만나러 갔습니다. 그때 왜 페르난도를 데리고 갔을까요? 나는 지금도 그 일을 얼마나 후회하고 있는지 모릅니다. 왜냐하면 페르난도가 첫눈에 루신다에게 반해 버린 겁니다. 그 사실을 안 저는 미칠 듯이 괴로워하다가…….”

　여기까지 이야기하던 젊은이가 갑자기 벌떡 일어나더니 돈키호테와 산초에게 돌멩이를 집어던지기 시작했다. 젊은이가 부탁한 것을 깜빡 잊고 돈키호테가 작은 목소리로 말을 해 버렸기 때문이었다.

돈키호테와 산초에게 돌을 집어던진 젊은이는 눈 깜짝할 사이에 숲속으로 달아나 버렸다.

"충분히 이해가 간다. 연인과 헤어진 슬픔을 감당하지 못해 산속에 틀어박혀 괴로워하고 있는 그의 기분을……. 참으로 아름다운 사랑 아니냐. 어떻게든 그의 상처받은 영혼을 위로해 주고 싶다."

돈키호테는 그렇게 중얼거리면서 젊은이가 사라진 숲속으로 들어갔다.

"또 병이 도지기 시작하는군."

산초는 돈키호테의 엉뚱한 행동이 이젠 지겨워졌다. 영주고 왕이고 다 집어치우고 고향 라 만차로 돌아가고 싶은 맘이 간절했다.

"주인님, 전 이제 도저히 견딜 수가 없습니다. 이런 산속에서 미친 사람을 돕는 것이 주인님의 기사도라면, 저는 기사도를 포기하겠습니다. 언제 또다시 돌과 주먹이 사방에서 날아올지 모르잖아요. 내가 보기엔 주인님도 그 남자처럼 완전히 돌아 버린 것 같고요."

산초가 불평을 터뜨렸다.

"네가 사랑과 그리움을 아느냐? 둘시네아 공주가 보고 싶구

나. 아, 둘시네아 공주여, 나의 애달픈 심정을 그대는 아는지 모르는지!"

돈키호테는 나무에 기대서서 눈을 감으며 중얼거렸다.

"주인님이야 사서 고생하는 거지, 둘시네아 공주님이 언제 주인님을 싫다고 했나요?"

"넌 내 마음을 모른다. 둘시네아 공주와 이별하고 이렇게 여행을 하고 있다는 사실이 얼마나 괴롭고 가슴이 터지는 일인지를. 그래, 네가 그렇게 원한다면 일단 마을로 돌아가라. 대신 내 편지를 둘시네아 공주에게 전해 주고 답장이나 받아 오렴. 네가 답장을 받아 올 때까지 나는 며칠이고 이곳에서 기다리고 있겠다."

"그러죠, 뭐."

산초는 마을로 돌아갈 생각으로 얼른 대답했다. 그런데 막상 돌아가려고 하니 당나귀 잃어버린 것이 못내 아쉬웠다. 그래서 돈키호테에게 조심스럽게 입을 뗐다.

"저, 주인님. 공주님께 한시라도 빨리 주인님의 마음을 전해 드리기 위해서는 걸어가는 것보다 로시난테를 타고 가는 편이 더 나을 것 같은데요."

"그러는 게 좋겠다. 그만큼 빨리 답장을 가지고 돌아올 수 있을 테니까."

"그리고요, 돌아올 때에는 주인님의 집에 있는 당나귀를 빌려
쓸 수 있도록 인수증도 좀 써 주시고요."

"그러지. 이걸 보면 조카딸이 분명 당나귀를 내줄 게다."

돈키호테는 인수증을 쓴 뒤 둘시네아 공주 앞으로 편지를 써
내려가기 시작했다.

편지를 다 쓴 다음에 산초에게 읽어 주었다.


사랑하는 둘시네아 공주님께

세상에서 가장 아름답고 마음씨 고운 아가씨여, 그대를 만나지 못

하는 괴로움을 짐작이나 하고 있는지…….

보고 싶고 그리워하는 내 마음을 나의 시종에게 몇 자 적어 보냅니

다. 바짝 여위어 초라해진 이 모습을 산초에게 자세히 들으시고, 고

난에 빠진 나를 건져 주시오. 비록 산속 고행에 이 몸을 망치더라도

그대를 원망하지 않으리라.

　　　　　　-이 목숨 다 바쳐 당신을 사랑하는 기사 돈키호테


"와아, 정말 제가 모시는 주인님답게 대단하십니다. 어쩌면
이렇게 멋진 글을 쓸 수 있는지. 공주님은 틀림없이 주인님께서
원하시는 답장을 써 줄 겁니다."

산초가 감탄을 하면서 로시난테 쪽으로 몇 걸음 다가갔다.

"참, 주인님. 둘시네아 공주님을 만나려면 어디로 가야 하죠?"

"멍청한 녀석, 하기야 그럴 것이다. 나도 공주님을 본 것은 12년 동안 네 번밖에 되지 않으니까. 그분이 나를 본 건 딱 한 번. 그만큼 그의 부모가 공주님을 귀하게 키웠다는 증거지."

"글쎄 어디로 가야 되냐고요?"

"이웃 마을에 사는 로렌소의 딸을 찾아라. 그녀는 온 세상을 다스리는 여왕으로도 전혀 손색이 없는 분이실 거다."

"뭐……, 뭐라고요? 로렌소의 딸? 아니, 주인님이 사모하는 공주가 바로 로렌소의 딸입니까? 돼지 멱따는 소리를 시도 때도 없이 함부로 질러 대는 그 여자? 웬만한 남자와 씨름을 해도 끄떡도 하지 않는 그 여자? 그 여자 때문에 이 고생을 한 겁니까?"

"허어, 못난 놈 눈에는 못난 놈만 보이는 법. 네가 그 공주의 아름다움을 손톱만큼이라도 아느냐? 당장에 길을 떠나!"

"알았습니다. 가지 말라고 해도 가려던 참입니다. 그건 그렇고 주인님이 드실 음식이 하나도 없는데 어떻게 하시겠습니까?"

"걱정할 필요 없다. 난 이슬과 나무 열매만으로도 얼마든지 참고 견딜 수 있다. 단식이야말로 기사가 해야 할 첫 번째 본분! 너나 정신 바짝 차리도록 해라."

"그런데 이곳은 워낙 낯선 곳이라, 길을 제대로 못 찾으면 어떻게 하죠?"

"나뭇가지를 꺾어서 길에 뿌리고 가렴."

산초는 로시난테의 등에 껑충 올라타고 산에서 내려왔다. 그리고 얼마 후, 언젠가 여러 명의 마부들에 의해 담요에 싸여 허공으로 던져 올려졌던 여인숙 앞을 지나게 되었다. 산초는 그때의 일들이 떠올라 몸을 부르르 떨었다.

바로 그때였다.

"아니, 넌 산초 판사가 아니냐?"

마침 여인숙에서 나오던 두 남자가 눈을 휘둥그렇게 뜨며 물었다. 그들은 라 만차 마을의 신부와 이발사였다.

"그런데요?"

"그러지 않아도 우리는 자네들을 찾는 중이네. 자네 주인은 지금 어디에 있나?"

"그건 말할 수 없어요. 저의 주인님은 지금 기사 수업을 계속하고 있거든요."

"바른대로 말하는 게 좋아. 그렇지 않으면 넌 주인을 해치고 말을 훔친 나쁜 사람으로 몰려 감옥에 잡혀가게 될 거야. 그 증거로 자네는 주인의 말을 타고 있지 않은가?"

"에구, 그런 소리 말아요. 난 주인님의 부탁으로 사랑의 편지를 둘시네아 공주에게 전하러 가는 길이라고요."

"둘시네아 공주? 그런 이름도 있나? 아무래도 그 사람이 정상이 아니야."

신부와 이발사 영감은 둘시네아라는 아가씨 이름을 들어 본적이 없었으므로 고개를 갸웃거렸다.

"좋아. 그가 썼다는 편지를 꺼내 봐."

산초는 못마땅한 표정을 지으면서 손을 품속에 넣었다. 그런데 아무리 뒤져 보아도 있어야 할 편지가 없었다.

"이 일을 어떻게 하면 좋습니까? 주인님의 편지도 없고, 당나귀 인수증까지 없어지고 말았습니다. 아니, 그 편지가 어디로 갔지? 주인님이 인수증도 분명히 써 주었는데……."

하얗게 질린 산초가 횡설수설 지껄였다.

"아무것도 걱정할 것 없네. 우리가 돈키호테의 조카딸을 만나 당나귀의 일은 부탁해 볼 테니. 그런데 편지에는 뭐라고 씌어 있었나?"

"그게 저어, 그러니까……."

산초는 편지 내용을 생각해 내기 위해 수염을 쥐어뜯기도 하고, 손가락을 물어뜯기도 했다. 그러나 좀처럼 떠오르지 않자

기어드는 목소리로 말했다.

"솔직히 말하자면 아무것도 생각나지 않네요. 사실은 제 머리가 좀 둔하거든요."

"첫 구절도 기억이 안 나?"

이발사가 재촉하자 산초는 머리카락을 쥐어뜯으며 말했다.

"자, 잠깐만요. 어쩌면 생각이 날 것도 같은데……. 멋도 없고 좀 못생긴 공주님이라 했던가?"

"예끼, 이 사람아! 편지를 설마 그렇게 썼으려고?"

신부가 고개를 저었다.

"쟁반같이 동그란…… 코를 가진 아가씨여, 저의 늙어빠진 가련한 모습을 생각하시고……. 이것도 아닌 것 같은데……. 맞아요. 마지막에는 기사 돈키호테라고 했습니다."

산초가 횡설수설하자 신부와 이발사는 터져 나오는 웃음을 간신히 참으며 말했다.

"산초, 자네는 기억력이 아주 좋군."

"칭찬해 주시니 고맙습니다. 사실 저의 주인님은 세상에서 가장 훌륭한 기사님이지요. 저에게 큰 섬을 주고 저를 영주로 임명해 주겠다고 약속하셨거든요."

신부와 이발사는 산초의 황당한 이야기를 들으며 다시 한 번

쿡쿡거리며 웃었다.

"그래, 그렇게 훌륭한 주인이 산에서 그 고생을 하게 해서야 되겠나? 한시라도 빨리 고행을 그만두고 산에서 내려오게 해야 자네도 영주가 될 수 있지. 우리도 그 방법을 생각해 볼 테니 우선 여인숙에 들어가 배부터 채우세."

신부의 말에 산초의 머릿속에 지난번에 겪었던 악몽이 스쳐 지나갔다.

"아, 아니. 전 그냥 밖에서 기다리겠습니다."

그렇게 해서 산초는 여인숙 밖에서 이발사가 가져온 음식으로 배를 채웠다.

그 사이에 신부와 이발사는 돈키호테를 산에서 데리고 나올 방법을 궁리했다.

"좋은 생각이 났소. 내가 길을 잃고 헤매는 연약한 처녀로 변장하고, 영감님은 제 시종이 되어 돈키호테가 있는 곳으로 찾아가면 어떨까요? 나쁜 사람에게 쫓겨 목숨이 위태롭다고 매달리면 돈키호테는 틀림없이 도와준다고 나설 것이오. 그러면 악당이 있는 장소로 안내하겠다며 꾀어 산에서 데리고 내려오는 겁니다."

"신부님, 만일 들통이라도 나면 어떻게 하려고요?"

"그거야 얼굴을 가릴 수 있게 큰 모자를 쓰면 되지 않겠소? 돈키호테가 산에서 내려와 악당을 혼내 줄 때까지는 절대로 아가씨에게 말을 걸거나 모자를 벗으라는 등의 이야기를 하지 말도록 부탁하면 될 것 아니오."

"역시 신부님은 지혜가 뛰어나군요. 좋아요. 한번 해 보죠."

그들은 곧 계획을 실행에 옮기기로 했다. 신부는 여인숙 주인에게 부탁해 아가씨들이 입는 옷과 모자를 빌렸다.

여자 옷을 몸에 걸친 신부가 아가씨처럼 행동을 하자 이발사는 자기도 모르게 웃음을 터뜨렸다. 그러나 송아지 꼬리털로 허리까지 내려오는 긴 턱수염을 만들어 붙인 이발사의 모습도 신부 못지않게 우스꽝스러웠다.

"아무래도 천주를 믿는 내가 거짓으로 여자 분장을 하는 것은 어울리지 않아. 당신이 여자로 변장을 하시오."

"그럴까요?"

"좋아요. 가다가 적당한 곳이 있으면 옷을 바꿔 입읍시다."

두 사람은 산기슭에서 분장을 바꾸기로 하고 꾸벅꾸벅 졸고 있는 산초를 흔들어 깨웠다.

"어떡하죠? 답장을 받지 못하고 그냥 갈 수는 없는데……."

산초가 불안한 표정을 지었다.

"걱정 말게, 산초. 공주님의 답장을 갖고 왔느냐고 묻거든 공주님은 글을 쓸 줄 모르기 때문에 말로 답장을 받아 왔다고 하면 될 거야. 빨리 마을로 돌아오지 않으면 공주의 마음이 기사님을 떠날지도 모르니, 하루 빨리 마을로 돌아오라고 하더라고…….물론 우리가 누구라는 것을 말하지 말고……."

"알겠습니다. 그 아가씨가 그런 말을 했다고 하면 두 분께서

그렇게 분장을 하지 않아도 마을로 내려올 것 같은데요."

그들은 돈키호테가 있는 산을 향해 부지런히 걸었다. 가면서 산초는 그동안 있었던 이야기도 하고, 반바지만 입고 돌아다니는 미친 사나이 이야기도 했다. 드디어 나뭇가지 표시가 있는 장소에 이르렀다.

"신부님과 이발사 영감님은 일단 이곳에서 기다리고 계십시오. 제가 먼저 들어가 주인님이 어떻게 하고 계신지 살펴보고 오겠습니다."

산초는 숲을 헤치고 들어갔다.

산초가 돈키호테에게 간 뒤 신부와 이발사는 나무 그늘에 앉아 잠시 휴식을 취했다. 그때, 어디선가 아름다운 노랫소리가 들려 왔다. 가만히 들어 보니 노래는 점점 흐느낌과 한탄으로 바뀌어 갔다.

두 사람은 약속이나 한 듯이 동시에 일어났다. 그리고 노랫소리가 흘러나오는 곳을 향해 살금살금 걸어갔다.

"저기 바위 위에 누가 있는데요!"

이발사가 가리킨 바위 위에는 반바지만 입은 벌거숭이 젊은 남자가 앉아서 노래를 부르고 있었다.

'산초가 이야기했던 그 젊은이구나.'

남자의 노랫소리는 애처롭게 울리더니 마침내 훌쩍이는 울음소리로 변했다. 연인을 영주의 아들에게 빼앗기고 산속으로 들어왔으니 무척 괴로울 거라는 생각이 들었다.

신부는 젊은이에게 다가가 조심스럽게 말을 건넸다.

"무슨 일로 이렇게 슬픈 노래를 부르고 있는 겁니까? 저희가 힘이 될 수 있다면 무엇이든 도와드리겠습니다."

마침 제정신으로 돌아왔을 때였으므로 젊은이는 지금까지 있었던 사실을 털어놓기 시작했다. 지난번에 돈키호테가 끼어드는 바람에 못다 했던 이야기까지 모두 말했다.

카르데니오의 연인 루신다에게 한눈에 반한 영주의 아들 페르난도는 적당한 핑계를 대서 그를 집에서 쫓아내 버렸다. 그리고 루신다의 집으로 가 청혼을 했다. 루신다의 아버지는 페르난도의 돈과 신분이 탐이 나 얼른 승낙을 했다.

그러나 루신다는 자신의 상황을 편지로 써 카르데니오에게 몰래 보냈다.

카르데니오, 저의 아버님이 페르난도의 청을 받아들여 저를 시집 보내겠다고 약속했답니다.
전 이 결혼식이 싫어요. 당신을 사랑해요.

결혼식은 이틀 뒤로 결정되었지만, 전 너무 싫어서 날마다 울면서 지내고 있습니다. 어떻게 하면 좋을지······.


편지를 받은 카르데니오는 즉시 말을 달려 고향으로 갔다. 그가 도착했을 땐 결혼식이 거행되기 직전이었다.

집으로 몰래 숨어든 카르데니오는 루신다가 신부 단장을 하고 있는 방 창가로 갔다. 카르데니오가 온 것을 눈치챈 루신다는 사람들의 눈을 피해 창가로 다가가 울먹였다.

"아아, 카르데니오! 전 어쩔 수 없이 결혼식은 치르겠지만 페르난도에게 제 마음을 바치진 않겠어요. 차라리 자결을 하더라도 당신과의 사랑을 지키겠어요······."

카르데니오가 떨리는 목소리로 말했다.

"자결은 안 돼! 성급하게 판단하지 마. 상황을 봐서 함께 도망이라도 갑시다."

그러나 그 순간 아버지와 친척들이 방으로 들어와 루신다를 결혼식장으로 데리고 가 버렸다. 카르데니오는 몸을 숨긴 채 결혼식 광경을 지켜보았다.

드디어 결혼식이 시작되었다. 신랑 신부가 사제 앞에 서서 결혼 서약을 할 차례가 되자, 카르데니오는 얼굴의 핏기가 가시고

심장이 얼어붙는 것만 같았다.

사제가 천천히 입을 열었다.

"루신다, 그대는 남편 페르난도를 평생 동안 사랑할 것을 서약하는가?"

루신다는 대답을 하지 않고 고개를 숙였다.

"사랑할 것을 서약하는가?"

사제가 다시 한 번 묻자 루신다는 슬픔에 가득 찬 힘없는 목소리로 대답했다.

"네."

그러고는 곁에 있는 어머니 품속으로 쓰러져 버렸다. 정신을 잃었는지 목을 찔렀는지 알 수 없었다.

"아, 루신다!"

카르데니오는 더 이상 견딜 수가 없어 교회 밖으로 뛰쳐나갔다.

# 산속의 예쁜 아가씨

결혼식장을 뛰쳐나온 카르데니오는 바로 산속으로 들어왔다.

"전 이제 모든 것을 포기했습니다. 루신다도, 내 삶도……. 말씀은 고맙지만 절 도울 생각 따위는 하지 마십시오."

그때 어디선가 슬픔에 가득 찬 목소리가 들려 왔다.

"아, 하느님! 제가 견뎌 내기에 너무도 가혹한 슬픔과 불행입니다. 이제 아무도 찾을 수 없는 이 산에서 저 바위나 수풀과 더불어 불행과 슬픔을 잊어야겠지요."

세 사람은 깜짝 놀라 서로의 얼굴만 쳐다보았다.

"누구일까요?"

신부가 먼저 일어섰다. 그 뒤를 이발사와 카르데니오가 따랐다. 근처 냇가에서 농사꾼 차림을 한 소년이 나무 그루터기에 앉아 발을 씻고 있었다.

잠시 후, 소년은 발을 다 씻었는지 물기를 닦기 위해 머리에 두르고 있던 수건을 벗었다. 그러자 눈부신 금발 머리가 풀어 헤쳐져 허리까지 물결쳤다. 목소리의 주인공은 소년이 아니라 아가씨였다.

세 사람이 가까이 다가가자 깜짝 놀란 아가씨가 옆에 있던 보따리를 들고 도망치기 시작했다. 그런데 얼마 못 가 그만 발이 돌에 걸려 넘어지고 말았다.

신부가 다가가 상냥한 목소리로 말을 걸었다.

"겁내지 마시오. 우린 나쁜 사람들이 아니라오. 무슨 사연으로 젊은 아가씨가 이런 깊은 숲속까지 들어오게 되었소? 도움이 되어 드릴 수도 있으니까 말해 보시오."

신부의 따뜻한 말에, 아가씨는 조심스럽게 자신의 이야기를 털어놓았다.

"제 이름은 도로테아라고 합니다. 부유한 농가의 딸로 영주의 아들과 결혼을 약속했었지요. 그런데 믿었던 약혼자 페르난도가 루신다라는 아가씨한테 반해서……."

"뭐라고? 페르난도, 루신다……."

이 무슨 얄궂은 운명이란 말인가? 페르난도의 약혼녀였던 도로테아와 페르난도에게 연인을 빼앗긴 카르데니오가 이 깊은 산속에서 마주치다니!

도로테아는 카르데니오가 모르고 있었던 놀라운 사실을 세 사람에게 털어놓았다. 결혼을 약속한 페르난도가 다른 아가씨와 결혼식을 올린다는 소문을 듣고 도로테아는 사흘이나 걸려서 루신다의 집을 찾아갔다. 그러나 이미 결혼식이 끝난 뒤였다.

도로테아는 분노와 배신감에 떨면서 돌아오는데 마을의 노인이 뜻밖의 이야기를 들려 주었다. 결혼식 도중에 정신을 잃은 신부의 품속에서 한 통의 편지가 발견되었는데, 거기에는 '자신은 페르난도의 아내가 될 마음이 없으며, 여전히 카르데니오를 사랑하고 있으므로 곧 자살하겠다'는 내용이 적혀 있었다는 것이었다. 루신다는 품속에 칼까지 지니고 있었다고 했다.

카르데니오가 입을 뗐다.

"참으로 이상한 인연이군요. 제가 바로 루신다의 연인 카르데니오입니다. 우리가 이렇게 만난 것은 희망을 갖고 새로운 용기를 내라는 신의 뜻인 것 같습니다. 저도 루신다를 만날 테니 당신도 페르난도를 찾으십시오. 그때까지 당신을 도와드리겠습니다. 만약 페르난도가 마음을 고치지 않으면 결투를 해서라도 그의 마음을 돌려놓겠습니다."

도로테아는 눈물을 흘리며 고마워했다. 신부와 이발사 역시
어떤 일이라도 돕겠다고 나섰다. 그때 숲 저쪽에서 신부를 부르
는 소리가 들려 왔다.

신부 일행은 산초가 있는 곳으로 달려갔다.

"나 원 참, 우리 주인님……. 틀렸어요. 신부님이 가르쳐준 대
로 둘시네아 공주님이 지금 당장 만나고 싶어 하니 내려 가자고
말씀드렸지만 막무가내였습니다. 세상에서 가장 뛰어난 기사로

이름을 떨치기 전에는 무슨 일이 있어도 산을 내려가지 않겠답
니다."

"그럼 우리가 계획했던 연극을 해 보는 수밖에 없군요."

신부의 말이 끝나자 이발사가 재빨리 여인숙에서 빌려 온 여
자 옷을 입으려고 했다.

"그런 일이라면 구태여 수고하지 않아도 되겠어요. 제가 돈키
호테 님께 도움을 청하는 아가씨 역할을 맡겠습니다. 기사 소설
을 많이 읽어 보았기 때문에, 소녀가 기사에게 간청하는 말 정
도는 해낼 수 있을 거예요."

그래서 이발사는 아가씨에서 시종으로 역할을 바꾸기로 했다.
도로테아는 보따리에서 옷을 꺼내 입고 보석으로 치장을 했다.

"홧! 이렇게 예쁜 아가씨는 처음입니다. 도대체 어디서, 무슨
일로 이 험한 곳에 오셨습니까?"

산초가 말까지 더듬거리며 신부에게 물었다.

"아, 우리가 아직 자세한 말을 하지 않았지만 이분은 미코미콘
왕국의 여왕님이 되실, 음……, 미코미코나 공주님일세."

신부가 적당하게 둘러대면서 도로테아에게 눈을 찡긋했다.

산초가 깜짝 놀라 몸을 넙죽 엎드렸다.

"지금 미코미콘 왕국은 나쁜 거인 때문에 고통당하고 있다네.

마침 자네 주인인 돈키호테가 정의를 지키는 훌륭한 기사라는 소문을 듣고 찾아오신 걸세."

"어서 오십시오. 저의 주인님께서는 틀림없이 그 거인을 혼내고 미코미콘 왕국을 구해 주실 것입니다."

산초는 자신 있게 말했다.

"그럼 공주님을 돈키호테에게 안내해 주게."

"그, 그럼요. 어서 이리로 오시지요."

산초는 콧노래까지 흥얼거리며 앞장서 나아갔다.

미코미코나 공주가 된 도로테아는 신부의 당나귀를 타고, 시종으로 분장한 이발사와 함께 산초 뒤를 따랐다. 신부와 카르데니오는 약간의 사이를 두고 뒤따랐다.

잠시 후, 그들은 나무에 등을 기대선 채 명상에 잠겨 있는 돈키호테를 만났다.

"오, 용감한 돈키호테 기사님! 부디 제 부탁을 들어 주십시오. 기사님을 만나려고 바다를 건너고 험한 산을 넘어 여기까지 온 거랍니다."

도로테아는 기사 소설에서 읽었던 대사를 적당히 지껄였다.

난데없이 나타난 아가씨의 말에 돈키호테는 순간 당황했지만 곧 기사의 위엄을 갖추었다.

"나를 찾아오셨다니, 무슨 일이시오? 사정 이야기를 들어 보고 당신의 힘이 되어 드리겠소. 자, 고개를 들고 일어나시오."

도로테아가 천천히 고개를 들었다.

"홧!"

너무나 우아한 기품과 아름다움에 돈키호테는 넋을 잃고 있었다. 그러자 산초가 주인의 귀에 나직이 속삭였다.

"주인님, 이분은 미코미콘 왕국을 이어받으실 미코미코나 공주님이십니다. 공주님 부탁은 왕국을 쳐들어온 나쁜 거인을 물리쳐 달라는 것이랍니다."

돈키호테는 위엄 있게 천천히 고개를 끄덕였다.

"선을 돕고 악을 벌주는 것은 기사의 법도랍니다. 그대의 부탁은 들어줄 터이니 좀 더 자세히 설명해 보시구려."

도로테아는 정말 다급한 목소리로 말했다.

"서둘러 주십시오. 미코미콘 왕국을 빼앗으려고 계략을 꾸미는 나쁜 거인을 하루 빨리 물리치고 나라를 보호해야 해요."

"알았소, 미코미코나 공주. 신의 보살핌과 기사의 용맹으로 반드시 당신의 소원을 이룰 것이오. 당당하게 여왕의 자리에 올라 평화롭게 나라를 다스릴 수 있도록 이 돈키호테가 앞장서겠소. 자, 출발한다. 모두들 나를 따르라!"

돈키호테의 몸짓에 이발사는 쿡 웃었다. 그러다가 턱 밑에 붙인 수염이 떨어질 뻔했다.

이발사는 얼른 수염을 다시 붙이고 그 뒤를 따랐다.

나무 뒤에서 그 모습을 지켜보고 있던 신부와 카르데니오는 앞질러 가 돈키호테가 오기를 기다렸다. 그 사이에 신부는 카르데니오의 수염을 깎아 주고, 짐 속에서 꺼낸 자신의 옷을 입혀 돈키호테가 그를 알아볼 수 없을 정도로 해 놓았다.

드디어 돈키호테 일행이 다가왔다.

"아니, 당신은 라 만차의 명예로운 기사 돈키호테 님이 아니시오? 어디로 가시는 길입니까?"

돈키호테가 느닷없이 나타난 신부를 보고 놀라 얼른 말을 못하자 도로테아가 대신 대답했다.

"미코미콘 왕국으로 가는 길입니다."

"그렇다면 라 만차 마을을 지나가겠군요. 나도 기사님과 고향이 같으니 함께 갑시다. 괜찮겠지요?"

돈키호테는 아무것도 타고 있지 않은 신부를 보고 말했다.

"제 명마에 오르십시오, 신부님. 당신 같은 귀한 분이 걸어다니셔야 되겠습니까!"

"괜찮습니다."

신부가 사양하자 도로테아가 끼어들며 말했다.

"신부님은 제 시종의 말을 타시는 게 좋겠군요."

이발사가 당나귀에서 내리려는 순간, 갑자기 당나귀가 심하게 날뛰어 그만 땅으로 곤두박질치고 말았다. 그 바람에 가짜 수염이 떨어져 버렸다. 당황한 이발사는 데굴데굴 구르며 수염이 몽땅 뽑혀 버렸다고 고통스러운 척했다.

신부가 깜짝 놀라 수염을 주워들고 이발사의 턱에 갖다 붙인 뒤 알아들을 수 없는 소리를 중얼거리며 기도했다.

"걱정 마시오. 보다시피 나의 기도 덕에 수염이 다시 붙었으니까요."

돈키호테는 상처 하나 없이 깨끗하게 다시 붙은 수염을 보고 크게 감탄했다.

"신부님, 제게도 그 기도를 좀 가르쳐 주십시오."

"그……, 그다지 어려운 주문도 아니니 시간이 나면 가르쳐 드리지요."

신부는 난처한 상황을 벗어나기 위해 산초에게서 들었던 이야기를 생각해 내고, 자기가 왜 이렇게 비참한 모습을 하게 되었는지 돈키호테에게 이야기했다.

"저는 오래전 아메리카로 간 친척이 부쳐 오는 돈을 찾으러 세비야에 다녀오는 길이었어요. 그런데 돌아오는 도중 네 명의 도적을 만나 나귀와 갖고 있던 물건을 모두 빼앗겼지요. 그 강도들은 모두 징역살이를 하러 가는 죄수들이었는데, 도중에 어떤 기사가 쇠사슬을 풀어 주는 바람에 도망을 친 녀석들이었어요. 하지만 그 기사를 원망할 생각은 없다오. 하느님의 뜻이 아니었겠어요?"

그러자 산초가 눈치없게 말참견을 했다.

"그 쇠사슬을 풀어 준 기사가 바로 제 주인님이에요."

돈키호테는 떨떠름한 표정으로 산초를 노려본 후 변명을 늘어놓았다.

"나는 기사로서 쇠사슬에 묶인 인간을 구한 것뿐입니다. 그 사람들이 무슨 죄를 지었는지 내가 알 바 아닙니다. 그러나 노역으로 고통당할 이들을 모른 척할 수는 없었지요."

돈키호테는 멋쩍은 듯 투구를 한 번 고쳐 쓰더니 얼른 화제를 다른 방향으로 돌렸다.

"공주님, 저에 대한 소문은 어떻게 듣고 찾아오셨습니까?"

뜻밖의 질문을 받은 도로테아는 잠시 뭔가 정리를 하더니 그럴듯하게 늘어놓기 시작했다.

"저의 아버지는 마법에도 능하셨습니다. 어머니께서 일찍 돌아가시고, 아버지마저 돌아가시면 제가 고아가 될 것을 알고 계셨지요. 아버지가 가장 염려하신 것은 이웃 나라 거인의 협박이었습니다. 아버지께서는 돌아가시면서, 만약에 그놈들이 쳐들어오면 절대로 대항하지 말고 하인 한 사람만 데리고 에스파냐로 가라고 하셨습니다. 에스파냐에 가면 나를 구해 줄 기사를 만날 수 있다고요. 그분의 이름까지 말해 주셨어요. 돈히호테라고 했던가……."

"돈키호테겠지요. 저분이 바로 돈키호테 님입니다."

산초가 대답했다.

"맞아요, 돈키호테 님. 키가 크고 얼굴은 길쭉하며 왼쪽 어깨에 작은 혹이 있다는 말씀까지 했어요."

"산초, 지금 당장 내 옷을 벗기고 그 임금님의 예언이 맞는지 확인 좀 해 주게."

"그럴 필요 없습니다. 주인님 어깨에 혹이 하나 있어요."

"오! 그럼 나는 더욱더 빨리 그대의 나라로 가서 거인의 목을 베어야겠군."

그때 산초가 앞쪽을 보면서 소리쳤다.

"주인님! 저기 내 나귀를 가진 놈이 오고 있어요. 맞아요. 그 나귀를 타고 오는 놈이 며칠 전에 우리가 쇠사슬을 끊고 도망가도록 도와준 그놈입니다."

사실이었다.

"야, 이 도둑놈아! 내 나귀를 내놓아라!"

산초가 소리를 지르며 달려갔다.

뒤에도 사람이 많다는 것을 확인한 죄수는 나귀를 버리고 숲으로 도망을 쳤다.

"오! 내 사랑하는 나귀야! 어디를 갔다가 지금 왔느냐?"

산초가 나귀 등을 쓸어 주며 훌쩍거리다 올라탔다.

"산초! 깜빡 잊고 못 물어본 게 있다. 둘시네아 공주를 만났던 이야기 좀 해 줘야겠어."

"주인님, 사실은……, 사실은 말입니다. 주인님의 편지를 갖고 가지 못했어요."

"네가 편지를 갖고 가지 않은 건 나도 알아. 네가 떠난 지 사흘후에 내 주머니에서 그 편지를 발견했으니까. 난 네가 편지를 가지러 다시 올 줄 알았어."

"그럴 필요는 없었지요. 주인님이 읽으실 때 편지 내용을 모두 외워 두었거든요. 그래서 어느 교회로 찾아가 신부님에게 그 편지를 다시 써 달라고 부탁을 했어요."

"그래서 그 편지를 전했겠군. 네가 만날 때 공주님은 무엇을 하고 있더냐?"

"뒤뜰에서 밀을 뿌리고 있었지요."

"저런……. 그 밀은 보통 밀이 아니야. 공주님의 손이 닿는 순간 그건 전부 진주가 되거든. 공주님이 편지를 받아 어떻게 하더냐? 품에 안으면서 뽀뽀를 하더냐?"

"아뇨. 밀을 계속 뿌리면서, 일을 끝내기 전에는 읽을 수가 없으니까 밀 섬 위에 올려놓으라고 했어요."

"아껴 두었다가 나중에 천천히 읽으려고 그랬겠지."

"일이 끝난 후에도 편지를 읽지 않았어요. 그 공주는 글을 읽을 줄 모르는 무식쟁이였거든요. 그러면서 주인님더러 미친 짓 그만 하고 빨리 집으로 돌아오는 게 좋겠다고 전하라던데요."

"나도 집으로 돌아가고 싶지만 지금은 그럴 수가 없잖아. 미코미코나 공주가 사는 나라로 가서 흉악한 거인을 처치하는 일이 더 급하니까."

"제 생각도 그래요. 작은 동네 못생긴 둘시네아보다는 예쁜 공주님을 따라가는 게 훨씬 더 실속 있는 일이니까요. 차라리 이 기회에 미코미코나 공주를 택하십시오. 하늘에 떠 있는 독수리보다 내 손에 있는 참새를 택하는 게 더 낫잖아요."

그들은 샘터에 도착해 잠시 쉬었다가 다시 길을 재촉했다.

# 이상한 인연

다음 날, 일행은 산초가 신부를 만났던 그 악몽의 여인숙에 도착했다. 그들은 여인숙으로 들어갔다.

돈키호테는 그동안 산속에서 겪은 피로가 한꺼번에 몰려와, 안내된 다락방에 들어가자마자 그대로 곯아떨어졌다.

신부는 여인숙 주인에게 산에서 일어났던 일들을 이야기하면서, 돈키호테는 기사 소설을 지나치게 많이 읽어 머리가 이상해진 거라고 설명해 주었다.

그때, 돈키호테가 자는 방으로 들어갔던 산초가 놀란 얼굴로 뛰어나왔다.

"큰일 났어요, 우리 주인님이 미코미코나 공주님을 괴롭히는

거인과 맞붙어서, 그놈의 목을 확 베어 버리려고 지금 결투를
하고 있어요!"

"아니, 무슨 잠꼬대 같은 소리야? 이젠 자네까지 머리가 이상
해졌나? 이 여인숙에 무슨 거인이 있어?"

신부의 말이 미처 끝나기도 전에 다락방 쪽에서 돈키호테의
고함 소리가 들려 왔다.

"덤벼라, 이 비겁한 악당아!"

"보세요. 저 소리는 우리 주인님이 거인과 싸우는 소리가 분명
해요. 빨리 가서 말리든지 도와주시든지 해야지요! 저는 분명히
보았어요. 마루 위에 피가 사방으로 튀고, 잘려 나간 거인의 머
리가 굴러다니고 있더라고요. 포도주를 담은 가죽 부대 만큼 큰
거인이었어요."

산초가 신부의 손목을 잡아끌었다.

"뭐야? 포도주를 담은 가죽 부대? 어이쿠, 이거 큰일 났다! 그
인간이 다락방에 쌓아 둔 붉은 포도주 가죽 부대를 마구 찔러 대
고 있는 모양이야. 이런 벼락 맞을 놈!"

주인이 앞장을 서고 신부와 이발사, 카르데니오와 도로테아도
그 뒤를 따랐다.

방 안에는 속옷 하나만 걸친 돈키호테가, 어디에서 찾아 냈는

지 여인숙 주인의 빨간 수건을 이마에 찔끈 동여매고 이리저리 창을 휘두르고 있었다. 마룻바닥은 이미 가죽 부대에서 흘러나온 포도주로 흥건했다.

"이런 바보 같은 놈! 도대체 무슨 짓이냐?"

화가 머리끝까지 난 여인숙 주인이 주먹으로 돈키호테의 머리통을 사정없이 때렸다.

"옳지, 아직도 이놈이 살아 있었군."

돈키호테는 눈을 꾹 감은 채, 창으로 벽 쪽의 허공을 마구 갈라 댔다. 이발사가 얼른 찬물을 길어 와 머리 위에 끼얹었다.

그때 산초가 바닥을 더듬으면서 중얼거렸다.

"어, 이상하다. 분명히 주인님이 거인의 목을 자르는 것을 보았는데 그 목이 어디로 갔지? 마법사가 마법을 썼나? 전에 주먹과 몽둥이만 나타나 나를 마구 때리더니……. 그 사이 누가 치웠어? 피를 콸콸 쏟으며 목이 떨어지는 것을 보았는데!"

산초의 말을 들은 여인숙 주인은 더욱더 화가 치밀어 올라 소리를 질렀다.

"이 얼빠진 녀석들아! 가죽 부대에 담아 놓았던 포도주를 완전히 못 쓰게 만들어 놓고 뭐가 어째?"

그 소리를 들으면서도 산초는 슬픈 목소리로 말했다.

"아아, 가죽 부대와 포도주는 또 뭐냐? 거인의 목을 찾지 못했으니 섬의 영주가 되기는 다 틀렸어. 나는 너무 불행해."

"에라, 이런! 물어내라. 내 포도주와 가죽 부대 값, 물어내!"

주인이 펄펄 뛰면서 소리쳤다.

신부가 아직까지 이리 뛰고 저리 뛰는 돈키호테를 붙잡았다. 돈키호테는 그제야 거인을 무찌르고 미코미코나 공주의 원한을 풀어 주었다고 생각했는지, 정중하게 무릎을 꿇으면서 말했다.

"공주님, 이제는 안심하셔도 됩니다. 공주님이 두려워하는 거인을 무찔렀으니 이제 다시는 공주님 앞에 나타나지 않을 것입니다."

그러자 옆에 힘없이 늘어져 있던 산초가 갑자기 벌떡 일어나며 소리쳤다.

"그것 봐요. 내 말이 맞잖아요. 우리 주인님이 거인을 처치하신 게 틀림없지요? 나도 이제 영주가 될 수 있다. 나는 그런 줄도 모르고……."

두 사람의 말을 듣고 사람들이 모두 까르르 웃음을 터뜨렸다.

그러나 포도주를 몽땅 잃은 여인숙 주인만은 발을 동동 구르며 분을 삭이지 못했다. 신부가 가죽 부대와 포도주값을 변상해 주겠다고 달래 겨우 진정시켰다.

한차례 소동 끝에 신부와 이발사는 다시 돈키호테를 침대에 뉘었다. 돈키호테는 곧 여인숙이 떠나갈 듯 코를 골기 시작했다. 돈키호테가 막 잠이 들었을 때, 여인숙에는 이상한 차림을 한 사람들이 들어왔다.

검은 천으로 얼굴을 가린 네 명의 남자와 흰 천으로 얼굴을 가린 여자 한 명이었다. 남자들은 창과 방패로 무장을 했고, 부인을 감시하는 듯했다.

부인은 한 마디도 하지 않고 한숨만 푹푹 내쉬었다. 방 안에서 그 모습을 내다보고 있던 도로테아는 여인이 불쌍해 보였다.

그래서 여인에게 다가가 말을 걸었다.

"무슨 까닭인지는 모르지만 무척 힘들어 보이시는군요. 괜찮으시다면 저에게 말씀을 해 주시겠어요? 같은 여자로서 돕고 싶군요."

"그냥 내버려 두세요."

그 소리를 듣고 깜짝 놀란 것은 옆방에 있던 카르데니오였다. 꿈에서도 잊지 못하던 루신다의 목소리였기 때문이다.

자기도 모르게 방에서 뛰쳐나온 카르데니오가 부르짖었다.

"이게 꿈이냐, 생시냐? 루신다! 내가 그렇게 애타게 그리워하던 루신다가 맞소?"

　카르데니오가 달려들어 얼굴을 가린 천을 벗기려고 하자 옆에 있던 남자가 그를 가로막아 섰다. 두 사람 사이에 몸싸움이 벌어졌다. 그 바람에 남자의 얼굴을 가리고 있던 천이 벗겨졌다. 그러자 이번엔 어둠 속에서 지켜보고 있던 도로테아가 외마디 비명을 지르며 까무러치고 말았다. 그는 바로 자신을 버린 페르난도였던 것이다.

　페르난도는 루신다와 결혼을 했지만, 루신다는 결혼식 도중에 도망을 쳐서 수녀원으로 들어갔었다. 그것을 알게 된 페르난도가 세 명의 친구들을 데리고 수녀원을 찾아가 루신다를 납치해서 도망치는 중이었다.

"날 아무리 위협해도 내 몸과 마음은 모두 카르데니오에게 바쳤어요. 절대로 당신 뜻대로 되지 않을 거예요!"

카르데니오는 사랑하는 루신다를 꼭 껴안았다.

그때 겨우 정신을 차린 도로테아가 눈물을 흘리며 호소했다.

"당신은 저에게 단 하나뿐인 연인입니다. 당신에게 버림받고 죽으려고 마음먹기도 했지만, 그것조차 뜻대로 되지 않았어요. 전 당신을 사랑하고 있습니다. 그러니 루신다를 카르데니오에게 보내고, 당신은 저에게 돌아와 주세요!"

흐느껴 우는 도로테아를 바라보며 페르난도는 비로소 자신의 생각이 잘못되었다는 것을 알게 되었다.

"미안하오, 도로테아! 내가 나빴소. 그대의 진심을 짓밟은 죄는 앞으로 반드시 속죄하겠소. 루신다는 카르데니오의 여인, 그대야말로 내 아내요! 하느님께 맹세코 다시는 그대를 괴롭히지 않겠소."

페르난도는 자기의 잘못을 인정하고 도로테아의 어깨를 다정히 안아 주었다. 네 사람의 사랑 문제가 해결된 셈이었다.

# 성의 마법사

"이게 어떻게 된 노릇이야? 그럼 난 어떻게 해?"

산초가 울음을 터뜨리며 자리에 털썩 주저앉았다. 미코미코나 공주라고 믿었던 도로테아가 페르난도의 연인이라는 사실이 그를 실망시킨 것이었다.

산초는 힘없이 돈키호테가 자고 있는 다락방으로 올라갔다. 바로 그때 돈키호테가 잠에서 막 깨어 일어났다.

"주인님! 이제 나쁜 거인을 물리친다든지, 공주에게 나라를 찾아준다든지 하는 일로 신경 쓸 필요가 없어졌습니다. 모든 게 끝이 났습니다."

"당연한 일이지. 거인의 목을 날려 보냈으니까. 와! 피가 폭포

처럼 쏟아져 나오던걸."

"주인님, 주인님이 창으로 찌른 것이 아직도 거인이라고 생각하십니까? 그건 포도주가 든 가죽 부대였습니다. 주인님이 피라고 한 것은 포도주였고요."

"무슨 잠꼬대 같은 소리를 하는 게야?"

"일어나세요. 모든 게 끝이 났다니까요. 여왕님이 된다던 그 여자는 미코미코나 공주가 아니고 도로테아라는 보통 여자였다고요."

"그런 소리에 내가 깜짝 놀랄 줄 알았지? 이 여인숙에서는 가끔 마법사의 장난이 일어나는데, 네가 그 마법을 본 거야."

"마법이요? 이건 마법이 아닙니다. 실제 상황입니다."

"네가 잠이 부족해서 아직도 헛소리를 지껄이는 모양인데, 내가 가서 직접 확인해 보마."

돈키호테는 갑옷과 창과 방패를 들고 밖으로 나왔다.

밖에는 신부가 페르난도와 루신다에게 돈키호테와 산초 이야기를 들려 주면서 연극을 해서 돈키호테를 고향으로 데리고 가는 중이라는 말도 덧붙이고 있었다.

"네 사람의 사랑을 다시 찾은 것은 다행인데, 도로테아가 사랑하는 사람을 만났으니 연극은 어떻게 한다? 아무래도 다른 방법을 찾아야겠지?"

"그냥 도로테아에게 연극을 계속 하게 하지요. 나도 모르는 체 따라가 보겠습니다. 참 재미있는 일인데요."

페르난도의 말에 신부도 동의했다.

그때, 돈키호테가 나타났다.

"공주님, 조금 전에 산초가 와서 횡설수설하던데, 공주님께서 평민이 되었다고 하더군요. 공주님의 아버지께서 마법의 힘을 빌려 그렇게 만든 것입니다. 그러니 절대 염려 마십시오."

"어머, 기사님. 제 신분이 어떻게 되었다고요? 저를 보세요. 제가 어디가 달라졌습니까? 조금 전 그대로이죠. 엉뚱한 소리 마시고 얼른 미코미콘 왕국으로 가 주세요."

미코미코나 공주로 돌아온 도로테아가 말했다.

"당연한 일이죠. 내일 아침 이곳을 출발하도록 합시다."

"이놈 산초야! 이제 보니 네놈은 우리 나라에서 제일 가는 거짓말쟁이구나. 말도 안 되는 헛소리를 지껄이다니!"

"주인님이 몰라서 그래요. 분명 거인의 목은 주인님 방에 있던 포도주 가죽 부대였다고요. 보세요. 잠시 후면 주인 영감이 물어내라고 난리를 칠 테니……."

그러자 페르난도가 앞으로 나서며 공손하게 말했다.

"저는 페르난도라고 하는 여행객입니다. 우연히 이 성에 들렀는데 훌륭한 기사님이 계시다고 해서 만나 뵙고 싶었습니다. 기사님이 세우게 될 공을 지켜보는 영광을 누리고 싶습니다. 저도 함께 갈 수 있도록 허락해 주십시오."

"좋소! 허락하고말고. 당신은 곧 악당들을 물리쳐 후세에 이름을 남길 기사의 용감한 활약을 볼 수 있을 것이오."

돈키호테의 말을 들은 일행들은 터져 나오는 웃음을 간신히 참았다. 밤이 깊어지자 모두 잠자리로 들어갔다.

"나는 미코미코나 공주님과 여인들을 지키기 위해 보초를 서겠소. 밤중에 불량배들이 들이닥칠지 모르니까……."

돈키호테는 창을 어깨에 메고 마당으로 나가 로시난테 등에 올라타더니 어슬렁어슬렁 돌아다녔다. 그 모습을 본 여인숙 주인의 딸과 하녀는 그를 골탕먹일 생각을 했다.

그런 줄도 모르고 돈키호테는 별을 쳐다보며 중얼거렸다.

"그리운 둘시네아 공주여! 그대도 이 밤에 잠들지 못하고 있겠구려! 나 역시 그대를 생각하면서 잠 못 이루고 있다오. 잠시만 기다려 주시오. 내 이번에 미코미콘 왕국의 어려움만 해결하면 당신에게 달려가겠소. 기사란 이렇게 세상을 편안하게 하기 위해 때로는 어려운 곳도 가야만 한다오. 오, 밤 하늘의 별이여,

오직 공주만을 생각하는 내 마음을 공주에게 전해 주시오."

마침 돈키호테의 머리 근처에 밖에서 여물을 던져 넣는 작은 창문이 하나 나 있었다. 여인숙 주인의 딸과 하녀가 그곳에 얼굴을 대고 돈키호테를 불렀다.

"기사님, 여기 좀 와 주세요."

"아니, 이 목소리는?"

돈키호테가 소리나는 쪽으로 고개를 돌렸다. 여물 넣는 창문이 보였다. 그의 눈에는 허름한 그 창문이 금띠로 장식된 성의 창문처럼 보였다.

"아니, 공주님. 이 늦은 밤에 무슨 부탁이 있으신지요?"

돈키호테는 로시난테에 올라탄 채 구멍 쪽으로 다가갔다.

이번에는 하녀가 목소리를 바꾸어 말했다.

"기사님, 공주님께서 기사님의 손을 한번 잡아 보고 싶어 하십니다."

"그야 어려운 일이 아니지요. 영광스럽게도 공주님께서 제 손을 잡아 주시다니, 지금껏 제 손을 잡아 주신 분은 이 나라에 아무도 없었소. 자, 여기 있소."

돈키호테가 두 손을 내밀자 여인숙 주인의 딸과 하녀는 밧줄로 고리를 만들어 돈키호테가 내민 손목에 잽싸게 끼웠다.

"공주님, 공주님 손이 왜 이렇게 거칠지요? 장난 그만 하시고 놓아 주십시오."

그러나 두 여자는 한쪽 밧줄 끝을 곳간문 빗장에 묶어 놓고 떠나가 버렸다.

그 순간, 로시난테가 움직이는 바람에 돈키호테의 몸이 엉거주춤 흔들렸다. 조금만 더 움직이면 공중에 대롱대롱 매달릴 판이었다. 밧줄에 꽉 묶인 손목이 끊어져 나갈 것만 같았다.

"앗! 내가 또 악마의 마법에 걸려들고 말았구나! 정의의 기사 돈키호테가 이런 꼴을 당하다니! 산초, 산초는 어디 있느냐?"

돈키호테가 큰 소리로 도움을 청했지만 이미 정신 없이 잠에 빠져 있는 산초가 들을 리 없었다.

"오! 마법의 줄을 끊을 수 있는 칼이 있다면……. 나의 공주 둘시네아, 위기에 처한 당신의 기사를 구해 주소서."

바로 그때 말을 탄 네 명의 사나이가 여인숙 문을 두드렸다.

"성문을 두드리는 게 누구냐? 어느 성이든지 한밤중에는 성문을 열지 않는 것을 모르는가? 성 밖으로 나갔다가 해가 떠 오르거든 다시 오도록 하라!"

돈키호테가 소리쳤다.

"주인! 농담 그만 하고 어서 문을 여시오."

"주인이라니? 눈으로 보고도 날 몰라보느냐? 지금 이 성 안에는 귀한 분이 계시니 어서 물러가라!"

"원, 이따위 낡아빠진 여인숙을 성이라니……. 삼류 극단이라도 든 모양일세."

그들은 다시 문을 두드렸다. 그 소리를 듣고 주인과 신부를 비롯한 일행이 눈을 떴다.

주인이 문을 열자, 그들을 태우고 온 말이 로시난테 쪽으로 다가왔다. 그러자 로시난테가 그 말들을 향해 몇 걸음 움직였다. 그 바람에 돈키호테는 공중에 대롱대롱 매달린 꼴이 되었다

손목이 끊어지는 것 같았다. 돈키호테의 입에서는 비명이 절로 터져 나왔다.

"으아악!"

돈키호테의 비명 소리를 들은 하녀가 깜짝 놀라 빗장에 묶어 놓았던 밧줄을 풀었다.

돈키호테는 땅바닥에 뚝 떨어지면서 엉덩방아를 찧었다.

"무슨 일이오?"

주인이 다가와 물었지만 그는 대답 대신 손목의 밧줄을 풀면서 벌떡 일어났다. 그러고는 창을 찾아들고 로시난테 등에 훌쩍 뛰어오르더니 목청껏 외쳤다.

"이놈의 악마야, 당장 나오너라!"

돈키호테는 쏜살같이 여인숙 밖으로 달려나갔다. 그러고는 들판을 한 바퀴 돌아 다시 여인숙으로 돌아왔다.

"자, 사악한 마법사야! 당장 나오너라. 미코미코나 공주의 허락을 얻어 결투를 벌이자!"

돈키호테는 목이 터져라 고래고래 고함을 질렀다. 그 소리를 들은 새 손님들은 눈을 휘둥그렇게 떴다.

"기사 소설을 너무 많이 읽어 머리가 이상해진 사람이니 모른 척하시오."

주인의 말에 손님들은 고개를 끄덕이며 자기 방으로 돌아가 잠을 청했다.

# 투구를 내놓아라

여인숙이 소란스러운 틈을 타서 손님으로 들었던 두 사람이 몰래 여인숙 문을 빠져나갔다.

"저놈 잡아라! 숙박료도 안 내고 도망친다!"

주인은 그들을 따라가 멱살을 잡았다. 그러나 상대는 둘이었고, 여인숙 주인은 하나였다. 결국 주인은 그들에게 맞아 땅바닥에 쓰러졌다.

"도와주세요, 기사님!"

아버지가 얻어맞는 것을 본 딸이 돈키호테에게 달려와 도움을 청했다.

돈키호테는 창과 방패를 챙겨서 달려갔다. 여인숙 주인은 그때까지 계속 얻어맞아 피투성이가 되어 있었다.

"에이, 하찮은 불량배들이잖아. 이런 피라미 같은 자들에게 내 창을 쓸 수는 없지. 시종 산초를 부르는 게 좋겠어."

돈키호테는 창 자루를 땅바닥에 찍으며 무뚝뚝하게 말했다.

"제발 좀 말려 줘요."

안주인과 딸은 발을 동동 구르며 사정을 했지만 돈키호테는 들은 척도 하지 않았다.

바로 그때 여인숙에 또 한 사람의 손님이 들어왔다.

그는 타고 온 나귀를 마구간으로 몰고 가다가 마구간 옆에서 안장을 손질하는 산초를 보았다.

"이 도둑놈! 마침 잘 만났다. 내 놋대야와 안장을 내놓아라!"

그는 산초에게 달려들어 다짜고짜 멱살을 잡으며 소리를 질렀다. 산초가 가만히 보니 그는 놋대야와 안장을 빼앗겼던 이발사였다.

"도둑이라니?"

산초는 힘을 주어 멱살을 풀면서 주먹으로 이발사의 얼굴을 힘껏 갈겼다. 이발사의 입에서 피가 났다. 그래도 이발사는 포기하지 않고 소리를 질러 댔다.

"도와줘요! 이 도둑놈이 내 물건을 빼앗아 놓고 이제 사람까지

치고 있어요!"

"헛소리하지 마라! 이게 어째서 빼앗은 거냐? 이건 우리 주인님이 싸움에서 이기고 당당하게 얻은 전리품이다."

산초와 이발사의 고함을 듣고, 여인숙에 들었던 사람들이 마구간 쪽으로 몰려왔다.

"허허허······. 역시 내 시종답게 잘 싸우고 있구먼."

사람들을 따라 어슬렁어슬렁 들어온 돈키호테가 흡족한 표정으로 웃고 있었다.

"여러분! 저 안장은 분명히 내 것입니다. 하늘이 알고 땅이 알고 제가 압니다. 그리고 이 악당들은 내 놋대야까지 빼앗아 갔습니다."

이발사는 주변에 사람들이 모여들자 자신의 억울함을 호소라도 하듯이 소리쳤다.

"이놈은 옛날이나 지금이나 헛소리를 지껄이는 데는 변함이 없군. 투구를 대야라고 하다니 제정신인가? 산초, 가서 맘부리노의 투구를 가져오게."

산초가 놋대야를 가지고 오자, 돈키호테는 그것을 두 손으로 높이 떠받들며 엄숙하게 말했다.

"자, 여러분. 보십시오. 이걸 이 멍청이는 대야라고 우겨 대고 있습니다. 이게 대야입니까?"

그러자 옆에 있던 일행들이 돈키호테의 편을 들어 놋대야가 아니고 맘부리노의 투구라고 했다.

"아이구, 나 참……. 속터지네, 속터져……."

이발사가 자기 가슴을 퍽퍽 치면서 울부짖었다.

그때였다. 세 사람의 관리들이 여인숙 안으로 들어왔다. 돈키호테를 발견한 그중 하나가 가슴속에 품고 있던 두루마리를 꺼내 들었다. 그 두루마리에는 지명 수배자들의 얼굴이 그려져 있었는데, 돈키호테의 얼굴도 그려져 있었다.

"옳지, 흉악한 죄수들을 풀어 주어 도망치게 한 녀석들이다!"

그러자 관리들이 달려들어 돈키호테와 산초의 목덜미를 움켜잡았다.

"보시다시피 저 사람들은 정상이 아닙니다. 보십시오. 옷차림이며, 대야를 머리에 쓴 꼴이며, 말하는 것 모두가 정상이 아니죠. 저런 사람들은 잡아가 봤자 금방 풀려날 테니 공연히 헛수고만 하는 셈이지요."

신부가 관리들에게 사정을 했다. 관리들도 고개를 끄덕였다.

"좋소. 체포는 하지 않을 테니 그 안장은 돌려주도록 하시오."

산초는 억울했지만 관리들의 말대로 안장을 돌려주었다.

"대야값도 받아야겠소. 멀쩡한 새 대야를 저렇게 고물로 만들어 놓았으니⋯⋯."

이발사가 고집을 피우는 바람에 하는 수 없이 신부가 대야값을 물어주었다.

그 모습을 본 여인숙 주인이 숙박료와 찢어진 가죽 부대, 못 쓰게 된 포도주값을 받아야겠다고 소리쳤다. 이번에는 페르난도가 그 값을 물어주었다.

"그건 그렇고, 돈키호테가 앞으로도 무슨 짓을 할지 모르니까 빨리 고향으로 데리고 가야 할 텐데, 미코미코나 공주 연극은 통할까?"

신부가 걱정스런 얼굴로 주위를 둘러보았다.

"그건 안 될 것 같아요. 포도주 가죽 부대를 베어 놓고 거인을 물리쳤다고 믿고 있잖아요."

카르데니오가 고개를 흔들었다.

"그럼 어떻게 하면 좋겠어요?"

"이렇게 해 보면 어떨까요? 우리가 악마로 변장을 하는 거예요. 그리고 잠자고 있는 돈키호테를 마차에 강제로 태워 가지고 고향으로 데리고 가면 어떨까요?"

여러 가지 이야기가 나왔지만 마차에 강제로 태워 보자는 의

견을 따르기로 정해졌다.

마침 여인숙 앞으로 소가 커다란 수레를 끌고 지나갔다. 신부
는 얼른 소 주인에게 사정을 이야기하고 수레를 빌릴 수 있겠
느냐고 물어보았다.

"좋은 일에 쓴다고 하니까 빌려 주지요."

소 주인이 선선히 승낙을 했다.

페르난도와 카르데니오가 힘을 합쳐 통나무로 커다란 우리를 짜서 수레에 실었다. 그런 뒤 각자 악마로 변장을 하고 머리끝에서 발끝까지 흰 천을 뒤집어썼다.

그들은 다락방으로 올라가 정신 없이 자고 있는 돈키호테의 손발을 단단히 묶었다.

"이게 무슨 짓들이냐! 옳거니, 이제 보니 이 성에 사는 악마들의 짓이로구나! 네 녀석들이 전에도 내가 하는 일을 사사건건 방해하더니, 이번에 미코미코나 공주를 도우려는 것을 알고 또 방해를 하는구나! 여보게, 산초! 산초!"

돈키호테는 온몸을 버르적거리며 큰 소리로 산초를 불렀다. 그러나 겁쟁이 시종 산초는 탁자 밑으로 기어들어 달달 떨고만 있었다.

페르난도와 카르데니오는 돈키호테를 덜렁 들고 밖으로 나온 다음, 통나무 우리 속에 가둬 넣고 커다란 못으로 쾅쾅 박아 버렸다. 갑자기 일을 당한 돈키호테는 자신이 악마들의 무서운 덫에 걸려든 것이라고 생각했다.

"오! 신이시여, 악마의 계략에 걸려든 이 몸을 헛되이 죽게 하

지 마옵소서. 기사는 어떠한 고난을 당하더라도 반드시 헤쳐 나
갈 것입니다."

그때, 산초가 슬금슬금 나타났다.

"멍청한 놈! 주인이 이렇게 엄청난 수난을 당하고 있는데 구
해 낼 생각은 하지 않고 숨어 있었다니……. 하기야 나도 당하
지 못하는 악마들을 네가 어떻게 상대하겠냐? 로시난테와 맘부
리노 투구나 잘 챙겨서 따라오너라. 큰 상을 내릴 테니."

"네, 주인님."

산초는 미안한 표정을 지으면서 고개를 끄덕였다.

"산초, 네 생각은 어떠냐? 내가 읽은 소설들 중에는 기사를 이
렇게 수치스럽게 소가 끄는 수레에 태워 끌고 가는 일은 없었
다. 아무리 못된 악마라도 구름으로 만든 수레에 실어 날아가도
록 했었지. 나쁜 악마들……. 하기야 내가 이 세상을 악에서 구
할 최초의 기사이니까 이런 짓을 하는 거겠지?"

"네, 그런 것 같습니다. 주인님이야말로 웬만한 재난을 만나
도 모두 이겨 내시는 분이니까 마을에 도착하기 전에 틀림없이
악마들을 물리칠 겁니다."

산초가 주변 사람들을 둘러보며 가만히 속삭였다.

드디어 수레가 움직이기 시작했다. 그러자 여인숙 주인 부부

와 하녀까지 나와서 슬픈 듯 훌쩍훌쩍 우는 시늉을 했다.

"아니, 이렇게 훌륭한 기사님께서 잡혀가시다니……."

그들의 말을 들은 돈키호테가 우리 속에서 손을 저었다.

"걱정 마시오. 원래 기사들은 이렇게 불운한 일을 겪기도 하는 법이라오. 나를 위해 울어 주는 당신네들의 은혜는 절대로 잊지 않겠소. 내가 자유의 몸이 되면 그때 다시 이 성을 찾아와 은혜에 보답하겠소."

돈키호테가 작별 인사를 하고 있는 사이에 페르난도와 도로테아, 카르데니오와 루신다도 신부와 이발사에게 이별을 고했다.

"그동안 정말 고마웠습니다."

"부디 행복하게 사시오."

"다시 찾아뵙겠습니다."

네 사람의 모습이 멀어지자 돈키호테가 탄 수레도 천천히 움직이기 시작했다. 소 주인이 소를 끌고, 산초는 로시난테의 고삐를 잡고 그 뒤를 따랐다. 또 그 뒤에는 흰 천을 뒤집어쓴 신부와 이발사가 따랐다. 이제야 모든 것을 단념한 듯, 돈키호테는 우리 구석에 기대어 앉아 눈을 감았다.

'삐걱삐걱…….'

조용한 들판에 수레바퀴 굴러가는 소리만 요란하게 흩어졌다.

# 산초의 꾀

"아니? 미코미코나 공주가 보이지 않아!"

여인숙을 떠난 지 한참 되어서야 돈키호테가 눈을 번쩍 뜨면서 소리쳤다.

산초가 얼른 둘러 댔다.

"주인님이 마법에 걸려 주무시고 계실 때, 공주님까지 고난을 겪으면 큰일이라고 먼저 떠났습니다. 공주님은 주인님의 은혜를 잊지 않겠다며 눈물을 흘리시더군요."

"쯧쯧쯧……. 먼저 떠나셨다니 기사로서 미안하기 짝이 없는 일이다. 내가 직접 가서 싸우는 대신 기도를 해야겠다. 내 기도로 거인은 공주님 앞에 무릎을 꿇고 다시는 공주님을 괴롭히지 않을 거야."

'삐걱삐걱……'

수레는 계속 앞으로 나아갔다. 수레 뒤를 바짝 따르던 산초가 고개를 돌려 뒤를 돌아보았다.

'이런 모습으로 고향까지 갈 수는 없어. 이런 꼴로 고향에 들어간다면 마을 사람들이 얼마나 우리를 비웃겠어? 아내에게 영주가 되어 돌아오겠다고 큰소리 뻥뻥 쳤는데……. 그래, 주인님을 꺼내 주어야 해.'

산초가 뒤를 돌아보니까 이발사와 신부가 저만치 뒤에서 따라오고 있었다.

산초는 그들이 눈치채지 않게 돈키호테에게 다가가서 가만히 속삭였다.

"주인님, 제 말을 잘 들으세요. 주인님은 우리의 처지가 이렇게 된 게 악마가 마법을 부렸기 때문이라고 생각하시지만, 사실은 그게 아닙니다. 저기 흰 천을 뒤집어쓰고 오는 사람들은 악마가 아니고 신부와 이발사입니다. 저 사람들은 우리가 큰 공을 세우고 출세하는 것이 배가 아파서 주인님을 이렇게 묶어 고향으로 끌고 가는 것입니다."

"산초, 네 눈에도 악마가 마법을 부렸기 때문에 저들이 신부와 이발사처럼 보이는 게야. 생각해 봐. 저들이 마법을 부리지 않고서야 어떻게 나같이 뛰어난 기사를 우리 속에 집어넣을 수 있었겠어?"

"세상에⋯⋯. 아직도 정신을 못 차리고 그렇게 철딱서니없는 소리를 하십니까? 주인님은 마법에 걸린 게 아니고 저들의 흉계에 속고 있는 것이라니까요."

"내가 마법에 걸린 거라면 그렇게 믿을 것이지 웬 말이 그렇게 많아?"

돈키호테가 짜증을 버럭 냈다.

"으음, 좋습니다. 주인님이 진짜 마법에 걸렸다면 아무런 고통도 없어야 하는데, 주인님은 지금 엄청나게 고통스런 표정을 짓고 있어요."

"사실은 말이야, 배도 고프고 오줌이 마려워서……."

"그것 보세요. 주인님은 진짜 마법에 걸린 게 아니라니까요."

"듣고 보니 네 말도 맞는 것 같다. 하지만 마법이란 것은 시대에 따라 조금씩 달라지는 거야. 난 아마 새로운 마법에 걸렸을지 몰라."

"우리에서 빠져나올 생각이나 하십시오."

"그 생각이야 굴뚝 같지. 내가 빨리 나가서 억울한 일을 당하는 사람들을 위해 정의의 창을 써야 할 텐데……."

"그러니까 빨리 그 우리에서 벗어나야 한다니까요. 기회를 봐서 제가 쉬어 가자고 할 테니, 그때 얼른 밖으로 나와서 도망을 치세요."

"자네가 그렇게 졸라 대니, 그럼 생각 좀 해 볼까?"

수레는 마침 커다란 나무가 그늘을 이루고 있는 곳을 지났다.

"좀 쉬었다 가요."

"그래요. 점심때도 다 된 것 같은데, 뭘 좀 먹고 가자고요."

산초의 말에 소 주인이 찬성을 하고 소를 멈추게 했다.

일행은 모두 그늘 밑 적당한 곳에 걸터앉아 쉬었다.

"저어, 우리 주인님이 지금 급한 일이 있다고 하니까 잠시 좀 나오게 하면 안 될까요?"

산초가 조심스럽게 신부와 이발사의 눈치를 살폈다.

"자네 마음은 이해가 가지만, 저 사람은 수레에서 나오는 순간 또다시 산속 깊숙이 도망쳐 버리고 말 텐데, 그러면 지금까지의 고생이 물거품이 되지 않겠나?"

"절대로 그런 일은 없을 겁니다. 제 목을 걸고 맹세하죠."

"절대로 도망가지 않겠다는 맹세를 하면 될 것 같은데요."

이발사도 풀어 주자는 쪽이었다.

그들의 말을 듣고 있던 돈키호테가 차분하게 말했다.

"나는 마법에 걸렸기 때문에 도망을 가고 싶어도 갈 수가 없게 되었소. 만약에 도망쳤다고 칩시다. 그러면 저 소가 마법을 부려 나를 덜렁 들어 하늘로 집어던질 텐데……."

이 말을 들은 신부는 돈키호테를 묶었던 밧줄을 풀어 우리 안에서 나오게 해 주었다.

우리에서 나온 돈키호테는 팔을 이리저리 휘둘러 몸을 풀었다. 일행은 나무 그늘 아래에 모여 앉아 여인숙에서 싸 온 점심을 펴놓고 먹기 시작했다.

돈키호테도 일행에 끼여 정신 없이 음식을 먹기 시작했다.

그때였다. 어디선가 나팔 소리가 들리기 시작했다. 나팔 소리는 점점 가까이 다가왔다.

"산초, 저게 뭐냐?"

일행은 목을 죽 빼고 가까이 다가오는 행렬을 바라보았다. 흰 옷을 입은 사람들이 성모 마리아 상을 메고 그들이 있는 쪽으로 걸어오고 있었다. 계속되는 가뭄으로 농작물이 잘 자라지 않자 농민들이 기우제를 지내러 가는 중이었다.

'옳거니! 드디어 내가 나설 때가 되었군.'

돈키호테는 흰 옷 입은 사람들이 성모 마리아 상을 메고 가는 것을 보고, 악당들이 귀부인을 납치해 가는 것이라 생각했다.

그는 재빨리 자리에서 일어나 로시난테 등에 훌쩍 올라탔다.

"산초! 창을 가지고 오너라. 내가 지금 나가지 않으면 저기 저 귀부인이 위험하다."

그는 벌써 언덕 아래쪽으로 말을 몰았다.

"내 저럴 줄 알았다니까!"

깜짝 놀란 신부가 벌떡 일어나 돈키호테를 따라 몇 걸음 뛰었

지만 이미 때는 늦었다.

돈키호테는 당황해서 소리치는 신부와 이발사를 거들떠보지도 않고, 기우제 지내러 가는 사람들을 향해 쏜살같이 내닫기 시작했다.

"주인님, 그게 아닙니다! 마을 사람들이 기우제를 지내러 가는 길이고, 메고 가는 것은 성모 마리아 상입니다! 주인님! 그만두고 돌아오세요."

산초가 목이 터져라 외치며 따라갔지만, 돈키호테는 벌써 창을 빼어 들고 행렬을 가로막아 섰다.

"기다려라! 얼굴을 가리고 있는 걸 보니 너희들도 마법에 걸려 악한 사람이 되었구나. 여러 사람이 연약한 부인 하나를 납치해 가다니! 기사도 정신에 따라 너희들을 응징하겠다!"

돈키호테가 큰 소리로 외치자 마을 사람들은 어안이 벙벙해 잠시 서로 얼굴만 쳐다보았다.

"우리는 지금 기우제를 지내러 가는 길이다. 어서 길을 비켜서라!"

"끌고 가는 부인부터 풀어 주어라! 가엾게도 부인이 울고 있는 걸 보니 너희들이 온갖 무례한 짓을 다 한 것이 분명하다! 그분을 지금 당장 풀어 주지 않으면 이 창이 용서치 않으리라."

"원 참, 별꼴을 다 보는군."

마을 사람들이 큰 소리로 웃기 시작했다. 돈키호테는 눈을 부릅뜨고 창을 겨눈 채 맨 앞의 젊은이에게 달려들었다.

"앗!"

겨우 몸을 피한 젊은이가 들고 있던 막대기로 돈키호테의 창을 막았다. 그러나 막대기는 창에 두 동강이가 나고 젊은이는 부러진 몽둥이로 돈키호테의 어깨를 힘껏 내리쳤다.

"꽥!"

몽둥이에 맞은 돈키호테는 비명을 지르면서 말에서 떨어져, 그대로 땅바닥에 쭉 뻗었다.

상대가 다시 몽둥이를 번쩍 쳐들자, 때마침 달려온 산초가 그의 팔을 잡았다.

"죄송합니다. 그만두십시오! 이분은 제 주인인데 불행하게도 지금 마법에 걸려서 그렇습니다."

젊은이가 팔을 슬그머니 내렸다. 산초의 간청 때문이 아니라 땅바닥에 쭉 뻗은 채 꼼짝도 하지 않는 돈키호테가 혹시 죽은 것은 아닐까 겁이 더럭 났기 때문이었다. 마을 사람들은 돈키호테가 죽은 줄 알고 놀라 사방으로 도망쳐 버렸다.

그때 쫓아온 신부와 이발사가 돈키호테의 얼굴을 들여다보았으나, 돈키호테는 죽은 듯이 꼼짝도 하지 않고 그대로 쓰러져 있었다.

돈키호테가 죽은 줄로 안 산초는 그의 몸을 흔들면서 울기 시작했다.

"아이고, 그렇게 훌륭하고 멋진 기사님께서 몽둥이에 한 대 얻어맞고 돌아가시다니! 주인님, 주인님이 없어지면 이 세상은 악이 판치는 세상으로 바뀔 겁니다. 주인님께서는 정말 세상에서 가장 훌륭한 기사였습니다. 저에게 영토를 주고, 영주 자리를 준다고 하셨는데, 그냥 이대로 가 버리시다니……. 이 사실을 알면 둘시네아 공주님이 얼마나 슬퍼하실까요!"

그때였다. 돈키호테가 눈을 번쩍 뜨면서 중얼거렸다.

"산초, 내 몸을 그만 흔들고 나를 일으켜 다오. 어깨뼈가 부러졌는지 꼼짝도 할 수 없구나."

죽은 줄 알았던 돈키호테가 깨어나자 산초는 주먹으로 눈물을 닦으며 좋아서 어쩔 줄을 몰랐다.

"에구, 주인님, 살아나셨군요!"

"왜? 누가 죽기라도 했었느냐?"

"주인님이 죽……. 아뇨, 어서 마차에 오르십시오. 신부님도 이발사도 함께 마을로 돌아가십시다. 부러진 어깨가 다 나으면 그때 가서 여행을 떠나도 늦지 않을 겁니다."

"그래, 산초. 너야말로 나의 진실한 시종이로구나. 기사의 삶이란 이렇게 고달픈 거란다. 그럴 때는 내일을 기약하면서 꾹 참고 견디는 것이 현명한 방법이다."

산초는 이발사의 도움으로 돈키호테를 수레에 다시 태웠다. 그리고 고향을 향해 다시 길을 떠났다.

산초는 돈키호테 때문에 심한 고생을 겪으면서도 그를 원망하지 않았다. 지금까지는 운이 나빴지만, 다시 떠날 때에는 주인의 공과 명예로 섬을 다스리는 영주가 되겠다는 꿈을 버리지 않고 있었기 때문이다.

# 오, 공주님

돈키호테가 기우제 지내러 가는 사람들에게 소동을 일으킨 지 엿새째 되던 날, 일행은 드디어 라 만차 마을에 도착했다. 일요일인데다 점심때였으므로 많은 사람들이 돈키호테 일행을 보고 모여들었다.

"아니, 나는 사나운 짐승을 잡아 오는 줄 알았더니 돈키호테 님이잖아! 어떻게 된 거지?"

사람들이 깜짝 놀라 수레를 둘러싸고 떠들어 댔다.

사람들이 몰려오고 밖이 그렇게 시끄러운데도 돈키호테는 우리에 기댄 채 꾸벅꾸벅 졸고 있었다.

마을 사람들이 호기심 가득한 눈으로 쳐다보자 산초가 자랑스럽게 떠벌렸다.

"오랜만이오. 우리 기사님께서 정말로 훌륭한 일을 많이 하고 돌아오셨습니다! 정의를 위해서 많은 일을 하신 것은 제가 이 눈으로 확실히 보았으니까 틀림없다고요."

마침 모인 사람 중에 아이 하나가 돈키호테의 집으로 달려가 그가 돌아왔다는 사실을 조카딸에게 알려 주었다.

"뭐? 그게 정말이야?"

"네, 그런데 바싹 마른 몸으로 우리 속에 갇혀 있어요."

아이의 연락을 받은 조카딸과 가정부가 광장으로 달려나갔다.

마침내 돈키호테의 모습을 본 그들은 울음부터 터뜨렸다.

돈키호테가 돌아왔다는 소식을 들은 산초의 아내도 숨을 헉헉 거리며 광장으로 뛰어나왔다.

"여보, 나귀는 무사해요?"

오랜만에 만난 산초의 아내가 처음으로 한 말이었다.

"그럼. 저기 있잖아."

"도대체 어딜 갔다 온 거예요? 온다 간다 말도 없이……."

"보시다시피 기사인 주인님을 모시고 세상을 두루두루 여행하고 돌아왔지."

"세상에……, 꼭 유령 꼴이군요. 그래, 그동안 돈은 얼마나 벌

었어요? 내 옷은 안 사 왔어요? 아이들 구두는?"

"아무것도 사오진 않았지만, 그보다 더 멋지고 좋은 것을 갖고 왔소."

"그게 뭐예요?"

"다음 여행을 가게 되면 주인님이 나를 섬의 영주가 되게 해 주겠다고 약속하셨소. 그렇게 되면 당신은 마님이 되는 거요. 어때? 기가 막히지?"

"원 세상에……. 머리가 돈 사람이 또 하나 있군."

산초가 자기 아내와 이런저런 이야기를 주고받는 사이에 돈키호테의 조카딸과 가정부는 돈키호테를 집으로 데려가고 있었다.

"이렇게 비참한 꼴이라니! 모든 게 기사 소설을 너무 많이 읽어서 이렇게 되신 거라고요. 흉내 낼 게 따로 있지……."

걸을 힘조차 없어 마을 사람의 등에 업혀 가면서도 그는 중얼거렸다.

"신이시여, 보십시오! 저를 필요로 하는 사람들이 이렇게 열렬히 환영해 주는 모습을……. 세상을 위해, 사람들을 위해 애쓰는 것은 당연한 일이지만, 악마들에게 당한 것은 아무리 생각해도 원통합니다. 빨리 이 마법에서 풀려나 다시 활동을 할 수 있도록 해 주소서."

집으로 돌아온 돈키호테는 침대에 쓰러지자마자 코를 골기 시작했다.

신부는 조카딸에게 지금까지 겪은 일들을 들려주면서 당부의 말을 덧붙였다.

"언제 또 집을 뛰쳐나갈지 모르니 잘 감시하여라."

"어휴, 우리도 그렇게 하고 싶지만, 지난번처럼 아무도 몰래 훌쩍 집을 나가 버리면 어떻게 하죠? 세상에 어떤 할 일 없는 사람이 그런 허무맹랑한 이야기를 지어 내서 이런 일이 벌어지게 만든담."

"누가 아니래요. 기사 소설을 써 사람을 현혹한 그런 작가들은 모두 지옥으로 떨어져야 해요."

조카딸과 가정부가 눈물을 글썽이며 말했다.

조카딸과 가정부의 정성 어린 보살핌으로 돈키호테는 차차 건강을 회복해 나갔다.

집으로 돌아온 지 한 달쯤 지났을 때였다. 건강을 완전히 회복한 돈키호테는 어느 날 새벽, 산초를 데리고 몰래 마을을 다시 빠져나갔다.

"내 사모하는 둘시네아 공주에게 불같이 타오르는 사랑의 마음을 전해야만 한다. 그러나 어느 책에도 기사가 직접 가는 일은 없다. 그러니 시종인 네가 먼저 가서 내 뜻을 전하라."

"알겠습니다. 제가 먼저 가서 주인님의 뜻을 전하지요."

산초가 떠나려고 하자 돈키호테가 다시 그를 잡았다.

"잠깐만! 공주 앞에서 절대 허둥대선 안 된다. 내 마음을 전할 때 공주가 너무 기쁜 나머지 당황해 하는지, 아니면 침착하게 의자에 앉아서 듣고 말하는지, 말할 때는 쟁반에 옥구슬 굴러가듯이 고운 목소리로 말을 하는지 그런 것들을 하나도 빠짐없이 보고 와야 한다."

"네?"

산초가 잠시 멍한 표정을 지었다.

"넌 잘 모른다. 우리 두 사람 사이에 싹트고 있는 사랑이 어떤 것인지를……. 자, 어서 가거라. 이 역할을 잘 해내면 너에게 더 큰 땅을 주도록 하마."

산초는 당나귀에 올라타고 들판 저쪽으로 달려갔다.

'에구, 참……. 둘시네아 공주의 집이 어디인지 물어보지 않고 그냥 왔네. 다시 되돌아가서 물어볼까? 아니야. 그럼 주인이 멍청한 놈이라고 나무랄 거야. 시종의 임무가 바로 이럴 때 혼자의 힘으로 찾아 내는 일이지.'

산초는 이 마을 저 마을 쫓아다녔다. 그러나 한 번도 본 적이 없는 로렌소를 찾는다는 게 쉬운 일은 아니었다.

'그래, 이건 어쩌면 둘시네아 공주를 못 찾게 하려는 악마의 계략일지도 몰라. 하지만 절대 체념할 수는 없지! 가만 있자. 그렇게 하면 되겠다.'

잠시 고민을 하던 산초의 머리에 기막힌 생각이 떠올랐다.

'우리 주인님은 보통 기사와는 달라. 언젠가는 풍차를 거인으로 믿고 달려들었고, 성모 마리아 상을 살아 있는 부인으로 착각하셨지. 그러면 근처 농가의 아가씨를 하나 데리고 가서 둘시네아 공주라고 우겨도 믿을 거야.'

그때 마침 엘 토보소 마을 쪽에서 세 명의 아가씨들이 당나귀를 타고 오고 있었다.

산초는 재빨리 돈키호테가 기다리고 있는 숲으로 뛰어갔다.

"기다렸다, 산초. 공주께서는 잘 계시더냐? 내 이야기는 잘 전했겠지?"

"그럼요. 지금 당장 로시난테를 타고 숲 밖으로 나가 둘시네아 공주님을 맞으십시오. 공주님이 시녀 둘을 데리고 주인님을 직접 만나러 오고 계십니다."

"뭐라고? 공주께서? 설마 거짓말을 하고 있는 건 아니겠지?"

돈키호테가 눈을 휘둥그렇게 뜨고 물었다.

"거짓말이라니요. 공주님은 얼마나 예쁜지 꽃의 요정 같았습니다."

"오, 그렇다면 어서 가 보자!"

돈키호테는 로시난테에 올라타고 한 손으로 창을 고쳐 잡았다.

"네 심부름 값으로 선물을 주고 싶구나. 앞으로 만날 전투에서 얻게 될 첫번째 전리품이 좋겠느냐, 금년에 낳은 망아지가 좋겠느냐?"

"망아지로 주십시오. 전리품 따위는 또 돌려주어야 할지 모르니까……."

그들이 숲에서 나오자 저쪽에서 당나귀를 타고 오는 아가씨들의 모습이 보였다.

"주인님, 저길 보십시오. 저기 예쁜 공주님이 시녀들을 거느리고 오고 있잖습니까!"

"어디 말이냐? 내 눈에는 당나귀를 탄 시골 아가씨들밖에 보이지 않는데……."

"네? 에이, 주인님도……. 눈을 크게 뜨고 잘 보십시오! 분명히 공주님이잖아요."

산초는 당나귀에서 폴짝 뛰어내려 맨 앞의 아가씨에게 달려가 정중하게 무릎을 꿇었다.

"아, 이렇게 고귀하신 공주님께서 직접 찾아오시다니……. 정말 영광입니다! 보십시오, 저기 공주님을 사모하는 돈키호테 기사께서 마중을 나오셨습니다."

산초가 넙죽 엎드리자 돈키호테도 얼떨결에 말에서 뛰어내려 땅바닥에 무릎을 꿇었다. 가까이에서 보니 하마처럼 생긴 뚱보 시골뜨기 아가씨였다.

갑자기 이상한 옷차림의 두 남자가 무릎을 꿇고 길을 가로막자 아가씨들은 잠시 당황해 했다.

"우린 갈 길이 바쁘니 놀리지 말고 저리 비키세요."

"이렇게 아름다운 공주님께서 그렇게 쌀쌀맞은 말씀을 하시다니 너무하십니다."

산초의 말을 들은 아가씨들은 화를 버럭 내면서 그들을 피해 옆으로 나귀의 방향을 돌렸다. 그러자 돈키호테가 자리에서 벌떡 일어나 두 팔을 높이 쳐들었다.

"아, 이게 무슨 운명의 장난인가? 내게는 어찌 어두운 그림자와 불행한 운명만 따라다니는가? 공주님께서 내 사랑을 몰라 주다니……. 하기야 사랑이 그렇게 쉽게 얻어질 리가 있나. 이것도 시련이라면 내 웃으며 감당하리다. 그러나 오직 내가 당신을 사랑한다는 사실은 기억해 주시오."

　돈키호테가 연극 배우처럼 늘어놓자 아가씨들은 자기도 모르게 까르르 웃음을 터뜨렸다.

　"못된 악마가 또다시 마법을 부려 내 눈을 흐리게 하는구나. 아름다운 공주님을 뚱보 시골 처녀로 만들어 놓다니……. 그러나 걱정 마시오. 추하게 변해 버린 공주님이라고 해도 내 마음은 달라지지 않는다는 사실을······."

그러자 한 아가씨가 쌀쌀맞게 대꾸했다.

"당장 비켜요. 우린 지금 당신들과 이런 장난을 할 정도로 한가하지 않거든요."

말을 남긴 아가씨들은 당나귀를 채찍질하여 아래쪽 들판으로 쏜살같이 도망쳐 버렸다.

"이크, 공주님은 곡예사인가 봐. 저것 보세요! 마치 바람처럼 사라지고 있어요."

세 사람이 사라지자 돈키호테는 한숨을 푹 내쉬며 말했다.

"나처럼 불행한 기사가 세상에 또 있을까? 마법사들은 미워하려면 나를 미워하지, 귀하신 둘시네아 공주를 저렇게 흉한 모습으로 만들어 놓다니!"

"누가 아니랍니까? 천벌을 받을 마법사들입니다."

산초는 맞장구를 치면서도 돈키호테를 멋지게 속인 것이 신이 나 춤이라도 덩실덩실 추고 싶은 심정이었다.

두 사람은 다시 터벅터벅 산길을 따라 걸었다.

"기운 내십시오, 주인님. 흉하게 변해 버린 둘시네아 공주님은 그만 잊으시고, 앞으로 세상을 위해 큰 공을 세우는 일만 생각하십시오."

힘없이 터벅터벅 걷는 돈키호테의 모습을 보자 양심의 가책을 느낀 산초가 말했다.

"시끄럽다. 네가 뭐라고 해도 나는 마법을 풀어서 공주님을 본래의 아름다운 모습으로 되돌려놓고 말겠다!"

그때, 덜컹덜컹 바퀴 구르는 소리와 함께 두 사람 앞으로 마차가 나타났다.

"이크, 저게 뭐냐?"

마차 안에 실린 사람들을 본 돈키호테는 흠칫 뒤로 몇 걸음 물러섰다. 괴상한 옷차림을 한 사람들이 타고 있었다.

검은 망토로 몸을 가린 죽음의 신, 흉측한 모습의 악마, 황금 왕관을 쓴 왕, 날개를 다친 천사…….

산초도 그 모습에 놀라 숨소리도 내지 못하고 달달 떨었다.

"명색이 기사인 내가 저들에게 놀라 물러선다면 기사가 아니지. 멈추어라! 그대들은 정녕 사람이냐, 악마냐?"

돈키호테가 창으로 마차를 가로막으며 소리질렀다.

그러자 수레 앞에서 말을 몰던 마부가 공손하게 대답했다.

"저희들은 유랑 극단의 배우들입니다. 번거로움을 덜기 위해 분장한 채 공연장으로 가는 길이지요."

"난 악마나 마법사인 줄 알았네."

돈키호테가 창을 거두어들였다.

"한번 보시겠습니까?"

마차 안에 있던 어릿광대 차림을 한 사람이 훌쩍 뛰어 내리더니 방울 달린 막대기를 들고 폴짝폴짝 재주를 넘기 시작했다.

그걸 본 로시난테가 깜짝 놀라 껑충 뛰더니, 그대로 들판을 가로질러 미친 듯이 달리기 시작했다.

깜짝 놀란 산초가 그 뒤를 따랐다. 산초가 들판이 끝나는 곳에 도착했을 때는 주인과 말이 이미 땅바닥에 쓰러져 나뒹굴고 있었다.

산초는 겨우 주인을 일으켜 로시난테의 등에 다시 태워 주었다.

"에구머니! 정신 없이 달려오는 바람에 내 나귀, 나귀를 그냥 두고 왔네. 주인님, 제가 주인님을 구하기 위해 목숨을 걸고 달려오는 사이에 그 무시무시한 방울 든 악마 녀석이 제 당나귀를 끌고 갔나 봐요. 이 일을 어쩌면 좋아!"

"걱정 마라. 내가 꼭 되찾아 주마. 그 녀석들은 유랑 극단 배우가 아니라 악마들이 분명하다! 내가 무서워 그놈들이 잠시 거짓말을 한 게 분명해."

돈키호테와 산초가 배우들이 있는 쪽으로 다가가자 그들은 당나귀를 돌려주고 가던 길을 계속 갔다.

# 정체 모를 숲의 기사

서산 마루를 물들였던 노을이 사라지고 밤이 되었다. 돈키호
테와 산초는 숲속 커다란 나무 아래에서 잠을 청했다.

돈키호테가 막 잠이 들려고 할 때, 바로 근처에서 부스럭거리
는 소리가 들렸다. 돈키호테는 벌떡 일어나 창을 찾아들고 이미
코를 골고 있는 산초를 깨웠다.

"여기가 좋겠군. 오늘 밤에는 여기에서 쉬고 가자."

어둠 속에서 들리는 소리였다. 곧이어 풀밭에 드러눕는 듯한
소리도 들렸다.

돈키호테는 잔뜩 긴장된 얼굴로 그쪽을 향해 귀를 기울였다.

"아함! 뭐가 있다고 그래요?"

산초는 불만스런 표정으로 연신 하품만 해댔다.

"쉬잇!"

돈키호테가 얼른 산초의 입을 막았다.

어둠 속에서 중얼거리는 소리가 다시 들려 왔다.

"이 세상에서 더없이 아름다운 그대 카실데아여! 그대는 어찌하여 불같이 타오르는 이내 마음을 몰라준단 말인가! 이 세상에서 가장 아름다운 여인이란 걸 모든 기사에게 알렸는데도 내 사랑이 부족하단 말인가!"

"주인님, 너무 슬퍼 마십시오. 머지않아 주인님의 진심을 알아 주실 날이 올 겁니다."

돈키호테는 더 이상 참지 못하고 벌떡 일어났다.

"뭐야? 허튼소리 작작 해라! 이 세상에서 가장 아름답고 고귀한 카실데아라고? 말 같지 않은 소리, 이 세상에서 가장 아름다운 여인은 당연히 둘시네아 공주님이시다!"

돈키호테가 소리를 버럭 지르자 어둠 저쪽이 조용해졌다. 그러다가 잠시 후 공손하게 묻는 목소리가 들려 왔다.

"거기 누가 있소? 누구시오? 혹시 나처럼 사랑 때문에 가슴을 앓고 있는 분이오?"

"그렇소이다. 나도 사랑하는 여인 때문에 슬픔에 젖어 있는 기

사라오."

"그렇다면 우리는 서로 같은 병을 앓고 있구려. 이쪽으로 오시죠. 나와 이야기나 나누시게……."

돈키호테가 어둠을 헤치며 그쪽으로 다가갔다.

"이것도 악마의 계략일지 모르니 조심하세요."

산초가 돈키호테의 등에 찰싹 달라붙어 따라가면서 들릴 듯 말 듯한 목소리로 속삭였다.

"기사님이 슬퍼하시는 이유도 사모하는 여인 때문이오?"

어둠 속에 있는 자도 기사 복장을 하고 있었고, 그 옆에는 산초처럼 시종이 하나 붙어 있었다.

"어떻게 아셨습니까? 맞습니다."

"그렇다면 그건 고통이 아니지요. 불행이라기보다는 하느님이 기사에게 내리는 은총이 아닐까요?"

"은총이라고요?"

"세상에 사랑 때문에 가슴을 앓는다는 게 얼마나 아름답고 고상한 일입니까?"

그들의 대화는 오랜만에 만난 친구처럼 밤새는 줄 모르고 계속되었다. 쉴 새 없이 이야기를 나누는 사이에 벌써 숲속에 아침이 밝아 오고 있었다.

그런데 아침이 되면서 두 사람의 대화는 다툼으로 변했다.

"뭐야? 둘시네아가 이 세상에서 가장 예쁘고 아름답다고? 나는 아직까지 카실데아만큼 예쁜 여자를 보지 못했다!"

"말도 안 되는 소리 하지 마라! 카실데아가 어디가 예쁘고 아름답더냐? 둘시네아는 천사보다 더 아름다운 여인이다."

"내가 보기엔 촌뜨기 뚱보 아가씨더군. 그렇게 못난 아가씨가 세상에 또 있더냐?"

"감히 나의 연인 둘시네아를 모욕하다니 참을 수 없다."

두 사람은 서로의 연인이 최고라 우기다가 결국 결투를 벌이기에 이르렀다.

산초는 잔뜩 겁먹은 얼굴로 돈키호테에게 다가가 물었다.

"저도 저 험상궂게 생긴 시종과 싸워야만 합니까?"

"그럴 필요 없지. 저기 저 나무 위로 올라가 나의 용감한 활약상을 자세히 봐 두어라. 그래야 사람들에게 전해 주지."

"네, 알겠습니다. 저도 그게 훨씬 좋다고 생각했습니다."

산초가 낑낑대며 나무로 올라가는 사이 두 사람은 말을 타고 무기를 치켜들었다.

"덤벼랏!"

정체 모를 숲의 기사가 있는 힘을 다해 말을 몰아 돌진해 왔다. 그런데 달려오던 말이 로시난테 앞에서 우뚝 멈춰 서 버렸다. 그 기회를 놓치지 않고 돈키호테가 창을 들어 상대방을 찔렀다. 정체 모를 숲의 기사는 제대로 싸워 보지도 못하고 그대로 땅바닥에 곤두박질치고 말았다.

"와! 이겼다."

나뭇가지 위에 앉아 조마조마하게 지켜보던 산초가 소리를 지르며 잽싸게 미끄러져 내려와 주인에게 달려갔다.

돈키호테는 의기양양한 표정으로 적이 죽었는지 확인하려고 창 끝으로 얼굴을 가렸던 가리개를 올렸다. 순간 그들은 기절할 듯 놀랐다.

"아니, 이게 누구야?"

기사의 얼굴을 본 산초는 눈을 둥그렇게 뜨고 입을 다물지 못했다.

정체 모를 숲의 기사는 바로 라 만차 마을의 학자 삼손 카라스코였기 때문이다.

"주인님, 악마가 마법을 써서 카라스코의 모습으로 둔갑을 한 것 같은데요."

"너도 그렇게 생각했냐? 내 생각도 너와 같다."

그러자 숲속 기사의 시종이 허겁지겁 달려와 외쳤다.

"돈키호테 나리, 맞습니다. 발밑에 쓰러져 계신
분은 악마가 아니라 카라스코 님이 맞습니다!"

"아니, 이건 또 누구야?"

산초는 시종의 얼굴을 자세히 바라보았다.

그 역시 라 만차 마을에 사는 친구 토메 세시
알이었다.

그때, 숲의 기사가 정신을 차렸는지
부스스 고개를 들었다.

"이게 도대체 어떻게 된 거지?"

"어떻게 되긴 뭐가 어떻게 돼? 악마가 둘시네아 공주에 대한 나의 사랑을 시험하기 위해 마법을 부린 게 분명하다! 말하라! 사모하는 나의 둘시네아 공주가 세상에서 가장 아름답다고! 그래도 헛소리를 지껄인다면 살려 두지 않을 테다!"

"진심으로 인정하겠소. 당신의 연인이 가장 고귀하고 아름답다는 것을……."

시종은 쓰러진 카라스코를 일으켜 말에 태웠다. 그리고 터벅터벅 오던 길을 되돌아갔다.

'아무래도 이상해. 어째서 저들이 마을의 학자 카라스코와 친구 토메 세시알의 모습으로 나타났을까? 진짜 악마가 마법을 부린 걸까?'

산초는 멀리 사라지는 그들을 보며 고개를 갸웃거렸다.

사실 이번 일은 신부가 꾸며 낸 것이었다. 어차피 막아도 떠날 사람이라는 것을 안 신부는, 카라스코를 돈키호테의 집에 자주 드나들게 해서 두 사람이 친해지게 했다. 카라스코는 두 번째 여행에서 돌아오면 모험담을 책으로 만들어 주겠다며, 돈키호테를 부추겨 떠나게 했던 것이다. 기사로 변장을 하여 돈키호테의 뒤를 따르다가 여자 문제로 결투를 하는 것도 계획된 것이었다.

그러나 카라스코가 결투에서 이긴 후 돈키호테에게서 다시는 고향을 떠나지 않겠다는 맹세를 받아 낸다는 당초 계획은 수포로 돌아갔다. 엉뚱하게도 말이 우뚝 서는 바람에 카라스코는 결투에서 졌고, 오히려 돈키호테의 공상만 부풀려 놓은 결과가 돼 버렸다.

돈키호테와 산초는 유명한 사라고사 지방을 향해 출발했다. 그런데 갑자기 그들 앞에 두 대의 마차가 나타났다. 놀랍게도 그 마차에는 돈키호테가 라 만차 마을로 돌아갈 때 갇혔던 것과 같은 우리가 실려 있었다.

"저길 봐라, 산초. 아직도 저렇게 사람들의 자유를 구속하는 우리 같은 게 있다니……. 난 자유의 몸이 되었지만 저 우리에는 마법에 걸린 아가씨가 잡혀 있는 게 틀림없어. 하늘이 주신 기회다. 우리에 갇힌 아가씨를 구해 낼 모험의 기회……."

두 사람이 말하는 사이에 마차는 작은 깃발을 바람에 휘날리며 덜커덩덜커덩 다가왔다.

돈키호테가 마차 앞을 가로막았다.

"멈춰라! 나는 정의의 기사다. 마차 안에 무엇을 운반하고 있는지 알아야겠으니 사실대로 말하라!"

마부는 귀찮은 듯 대답했다.

"우리 속에는 사자 두 마리가 들어 있습니다. 아프리카에서 잡은 난폭한 놈인데 국왕 폐하께 바칠 녀석들이랍니다."

"뭐, 사자?"

겁에 질린 산초가 눈을 휘둥그렇게 뜨고 돈키호테 등 뒤로 몸을 숨겼다.

우리를 지키던 사나이가 말했다.

"맹수를 운반하는 것은 내 직업이지만, 이렇게 크고 사나운 사자는 여태껏 본 적이 없습니다. 게다가 아침부터 먹이를 주지 않았더니 계속 으르렁대고 있지요."

하지만 돈키호테는 자신만만한 표정으로 창을 휘두르며 소리를 질렀다.

"기사가 이까짓 맹수를 두려워해서는 안 되지. 하기야 이게 진짜 사자냐? 악마가 마법을 부려서 예쁜 공주를 사자로 둔갑시킨 거지! 에잇, 건방진 녀석 같으니라고! 자, 우리를 열고 나에게 덤벼들게 하시오!"

깜짝 놀란 산초가 돈키호테의 소매를 잡으며 말렸다.

"아이고, 주인님! 이번은 아닙니다. 굶주린 사자와 싸움을 하려고 하다니요?"

"이런 겁쟁이 산초 녀석! 감히 기사의 앞길을 가로막다니! 당

장 물러서라!"

"아이고! 나, 나으리!"

"뭘 하고 있는 게냐! 당장 문을 열라고 하는데도……."

얼굴이 새파랗게 질린 마부가 돈키호테 앞에 무릎을 꿇고 애원했다.

"이게 무슨 짓입니까? 제발 그만두십시오."

"네가 이 기사의 용기와 힘을 믿을 수 없는 모양이구나. 저기 나무 뒤로 도망가서 내 활약을 지켜보기나 해라."

산초가 달달 떨며 다시 애원했다.

"주인님, 제가 지금 우리 틈새로 사자 발톱을 보았는데, 그걸로 한 번 할퀴기라도 하는 날엔 주인님도 구겨진 종이처럼 뻗어 버리실 겁니다."

"걱정 말아라, 산초. 만일 내가 여기서 목숨을 잃게 되면 너는 당장 둘시네아 공주에게 달려가 나의 용감한 모습을 전하도록 해라. 기사는 집채만 한 두 마리의 사자를 상대로 용감하게 싸웠다고. 자, 어서 덤벼라!"

우리를 지키던 사나이가 손을 달달 떨면서 우리의 문을 활짝 열었다. 모두들 근처에 있는 나무 위로 올라가 숨을 죽이고 가만히 지켜보았다. 그런데 사자는 뜻밖에도 머리만 밖으로 빠끔히 내밀더니 돈키호테를 향해 긴 혀를 날름 내밀었다. 그러고는 고개를 안으로 끌어들여 등을 돌리더니 귀찮다는 듯 벌렁 드러누워 버렸다.

"하하하, 이것이 난폭한 사자라니, 겁쟁이 아니야? 나의 용감한 모습에 미리 꽁무니를 빼는군. 하기야 그냥 쫓아 나왔다가는 목이 달아날 테니까 안 나온 게 다행이지. 우리 문을 닫는 것이 좋겠소."

나무 위에 올라갔던 사나이가 달려와 잽싸게 문을 닫았다.

"와아, 우리 주인님이 정말 사자와 결투를 해서 이겼다."

산초가 감격스런 표정으로 주인의 얼굴을 쳐다보았다.

"잠시 놀라게 한 대가로 마부와 사나이에게 금화 한 닢씩 주도록 하라."

돈키호테가 로시난테에 올라타면서 산초에게 명령했다.

"대단한 분이군요."

돈키호테는 그들과 헤어져 다시 길을 걷기 시작했다.

# 최후의 결투

　서로를 의지하고 격려하며 여행을 계속하던 돈키호테와 산초
는 어느 큰 강가에 이르렀다. 그곳에는 낡은 배 한 척이 물가에
매어 있었다.

　"내가 이리로 올 줄 알고 배를 준비해 두었군. 기사 소설에 곧
잘 나오는 이야기지. 어디선가 유명한 기사가 고난을 당해 내
도움을 기다리고 있는 것이라고 생각되지 않느냐?

　자, 배에 올라타자."

　그들은 강기슭에 말과 나귀를 매어 놓고 배에 올랐다.

　배는 천천히 앞으로 나아갔다.

　"산초! 적의 성이 저기에 있다. 저 성에는 악당들에게 유괴된

공주가 갇혀 있을 것이다! 빨리 가자. 내 손길을 기다리고 있는 공주님이 있다.”

“에이, 주인님. 저건 밀을 빻는 물레방아잖아요!”

“어리석은 녀석! 넌 지금까지 나를 따라다니면서 그렇게 보고도 모르느냐? 물레방아로 보이는 것은 우리를 방해하는 악마들의 마법 때문이다. 악마가 둘시네아 공주님조차도 촌뜨기 뚱보로 바꾸어 버리지 않았더냐!”

돈키호테는 창을 빼서 머리 위로 번쩍 쳐들고 방패로 몸을 가리며 싸울 태세를 갖추었다. 방앗간이 가까워질수록 배가 뒤집힐 듯이 흔들렸다.

물레방앗간에서 밀을 빻던 남자들이 강가로 뛰어내려왔다.

“위험해요! 물레방아 가까이 오면 배가 뒤집혀요. 물러서요!”

새하얀 밀가루를 뒤집어쓴 남자들이 돈키호테의 눈에는 무시무시한 괴물처럼 보였다. 돈키호테는 그들을 성에서 나온 병사들이라 생각했다.

“그래, 이 악당들아! 포로로 잡아 둔 공주를 당장 풀어 주어라! 그러지 않으면 하늘을 대신해 따끔한 맛을 보여 주겠다!”

그때 배가 균형을 잃고 빙글빙글 돌기 시작하더니 결국은 뒤집혀 버렸다. 밀을 빻던 남자들이 겨우 달려들어 물속에서 허우

적거리는 두 사람을 구해 냈다.

　잠시 기절했던 돈키호테가 실눈을 떴다. 하얀 밀가루를 뒤집
어쓴 남자들이 자기네들을 내려다보고 있자, 그는 벌떡 일어나
며 소리를 질렀다.

"물러서라, 이 악마들아! 오늘은 내가 비록 배가 뒤집히는 바람에 그냥 물러서지만, 반드시 다시 돌아와 이 치욕을 갚아 주겠다. 그런데 배는 어떻게 되었느냐, 산초?"

"물레방아에 부딪쳐 산산조각이 나 버렸는데요."

"하는 수 없지. 말을 세워 둔 곳으로 돌아가자."

밀을 빻던 남자들이 돌아서 가는 그들을 보면서 낄낄 웃어 댔다.

며칠이 지났다. 돈키호테와 산초가 넓은 초원에 이르렀을 때였다. 그곳엔 사냥꾼들이 무리를 지어 매 사냥을 하고 있었는

데, 귀부인도 한 사람 끼여 있었다.

"산초, 너는 즉시 저 부인에게 가서 용감한 기사가 사냥을 도와준다고 말씀드려 보아라."

"그러죠."

산초는 곧장 부인에게 다가가 그 말을 전했다. 그 부인은 이미 돈키호테와 산초의 소문을 들어 알고 있었다. 사냥꾼들과 짜고 골탕을 먹여 줄 생각으로 산초에게 말했다.

"그러지 않아도 당신들의 소문은 듣고 있었소. 우리 성으로 한 번 초대하려고 했었는데 마침 잘 됐군요."

산초는 얼른 주인에게 달려가 이 말을 전했다.

그 사이 장난기 많은 귀부인과 사냥꾼들은 두 사람을 골탕먹일 계획을 세웠다.

"그대가 돈키호텐가? 나는 위대한 마법사다. 그렇잖아도 그대에게 둘시네아 공주의 마법을 푸는 방법을 일러 주기 위해 만나려고 했었지."

돈키호테가 다가오자 사냥꾼 한 사람이 앞으로 나서며 말했다.

"그게 무엇입니까?"

"아주 간단하다네, 자네의 시종이 바지를 벗고 엉덩이를 자기 손으로 삼천삼백 대만 때리면 마법이 풀릴 걸세."

"네? 공주를 사모하는 건 주인님인데, 제가 왜 제 엉덩이를 때려야 합니까?"

산초가 펄쩍 뛰자, 돈키호테가 버럭 소리를 질렀다.

"산초, 난 네가 정말 나의 충실한 시종인 줄 알았다! 그런데 고작 삼천삼백 대를 때린다는데 뭘 그렇게 펄쩍 뛰느냐? 육천육백 대를 때려서라도 둘시네아 공주님의 마법이 풀린다면 당연히 해야지!"

"하……, 하겠습니다. 대신 섬의 영주 자리에 앉혀 주시겠다는 약속은 절대 잊으시면 안 됩니다."

"몇 번이나 말해야 믿겠느냐! 그건 걱정 마라."

돈키호테는 사냥꾼과 헤어져 들판으로 나왔다.

"자, 저기가 적당할 것 같다. 시작해 다오."

산초는 머뭇머뭇하면서 가까운 나무 밑으로 가더니 바지를 내리고 자신의 엉덩이를 손바닥으로 치기 시작했다.

"하나, 둘……."

그런데 미련한 산초는 가볍게 쳐도 될 것을 있는 힘을 다해 비명을 질러 가며 엉덩이를 쳤다.

"그만! 그만 해라, 산초. 차라리 사모하는 공주가 마법에 걸려 있는 게 낫겠다."

"아닙니다, 주인님! 이 한 몸 다 바쳐 둘시네아 공주님의 마법을 풀 수만 있다면……. 으윽!"

마침내 엉덩이 치는 일을 마치고 산초가 그 자리에 벌렁 드러누웠다.

"너처럼 충실한 시종을 둔 나야말로 이 세상에서 가장 행복한 기사로다."

돈키호테가 산초를 껴안아 일으키면서 눈물을 줄줄 흘렸다.

"천만에요. 주인님처럼 용감한 분을 모시게 된 제가 운 좋은 사람이지요."

돈키호테와 산초는 다시 일어나 길을 떠났다. 저쪽에서 갈색 말을 타고 초승달이 그려진 방패를 든 기사가 다가왔다.

"그대는 돈키호테! 여기서 만나다니…….''

그는 돈키호테를 보자마자 쩌렁쩌렁한 목소리로 외쳤다.

"그대는 누구인데 나를 알아보시오?"

"이 몸은 '은빛 달의 기사'요. 여기서 그대를 기다리고 있었던 까닭은 어느 쪽의 연인이 더 아름다운지를 가리기 위해서라오."

"아니, 이 무슨 소리냐! 둘시네아 공주만큼 아름다운 여인이 있다고 주장하는 녀석이 또 나타나다니…….''

돈키호테는 화가 잔뜩 난 눈빛으로 그를 노려보았다.

은빛 달의 기사도 돈키호테를 노려보며 말했다.

"만약 내가 지면 갑옷과 투구, 그리고 이 명마도 모두 그대에게 바치겠소. 또한 지금까지 내가 세운 수많은 공적 역시 당신 것이 되어도 좋소. 대신 당신이 결투에 진다면 기사의 세계를 떠나 고향으로 돌아가야 하오."

기사의 세계를 떠나야 한다는 말을 들은 돈키호테는 화를 버럭 냈다.

"좋다. 당장 결투를 하자."

두 사람은 마주 섰다.

산초가 당나귀에서 내려 두 기사를 비교해 보니, 은빛 달의 기사 쪽이 체격이나 갑옷 차림새, 창 끝의 번쩍거림 등등이 훨씬 좋아 보였다.

"주인님, 이번 대결은 그만두는 것이 좋겠습니다. 만약 주인님이 여기에서 쓰러지면 우리는 기사 세계를 떠나 고향으로 돌아가야 한다고요."

산초가 돈키호테에게 귀엣말로 속삭였다.

그러나 두 사람은 벌써 말고삐를 움켜쥐고 창을 바짝 당겨 싸울 태세를 갖추고 있었다.

"이얍!"

"얏!"

"창!"

요란한 기합 소리와 창 부딪치는 소리가 몇 번 났다. 하지만 그것으로 끝이었다. 갑자기 주위가 조용해지면서 산초의 눈에 돈키호테와 로시난테가 쓰러져 있는 모습이 들어왔다.

은빛 달의 기사가 말 위에서 돈키호테에게 창끝을 들이대고 큰 소리로 말했다.

"약속은 약속! 당장에 고향으로 돌아가 다시는 기사의 명예를 더럽히지 말라."

"차라리 그 창으로 목을 쳐라!"

"애초에 그런 약속은 없었으니, 기사의 세계를 떠나 고향으로 돌아간다는 약속이나 지켜라."

은빛 달의 기사는 이런 말을 남기고 어둠 속으로 사라졌다.

'아무래도 지난번에 결투를 했던 삼손 카라스코 같단 말이야. 아, 아닐 거야.'

어둠 속으로 사라지는 은빛 달의 기사를 보면서 산초가 고개를 갸웃거렸다.

그 길로 라 만차의 고향으로 돌아온 돈키호테는 덜컥 몸져누웠다.

"주인님, 빨리 건강을 되찾으셔야지요. 둘시네아 공주님도 마법에서 풀렸을 텐데 만나 봐야 하지 않겠습니까?"

산초는 돈키호테의 머리맡을 떠나지 않고 돈키호테를 간호해 주었다.

"그래, 고맙다. 하지만 이런 내 꼴을 어떻게 공주님에게 보이겠느냐?"

돈키호테가 고개를 가로저었다. 그의 눈에 어렴풋이 눈물이 비쳤다.

며칠이 지났다.

'내가 아무래도 다시는 일어나지 못할 것 같구나.'

이렇게 생각한 돈키호테는 조카딸과 산초, 신부와 이발사, 학자 삼손 카라스코를 불러 앉히고 유언장을 만들었다.

산초에게 섬의 영주를 시켜 주겠다고 약속했으나, 그것을 지키지 못한 것을 속죄하는 의미에서 남은 돈 전부를 산초에게 준다.

나의 사랑하는 조카딸 안토니아와 결혼할 사람은 기사 소설에 손을 댈 염려가 없는 인물로 택해야 한다. 그 결혼이 이루어졌을 때 내 땅을 물려주기로 한다.

부디 나의 생애가 후세에 잘못 알려지지 않도록 신경 써 줄 것을 간

곡히 당부한다.


유언장을 쓰고 난 며칠 뒤, 돈키호테는 조용히 눈을 감았다.

"주인님, 아름다운 둘시네아 공주도 만나지 못하고 이대로 가시다니요! 저와 함께 조용히 고향으로 돌아와 양치는 일이라도 하자고 하시더니……."

산초가 땅을 치면서 통곡했다. 조카딸 안토니아도 슬픔으로 흐느꼈다.

삼손 카라스코는 라 만차의 시골 귀족 돈키호테를 기리는 시를 지어 묘 앞에 비석을 세웠다.


용감하고 자랑스러운 라 만차의 사나이 돈키호테여.

고향 들녘에서 편히 잠드소서!

죽음의 신도 돈키호테의 이름을 지우지는 못하리.

아아, 맑은 영혼을 남기고 떠나가신 그대여!

그 아름다운 생애가 후세에까지 영원히 전해지기를……

● **이해 능력 Level Up!**

1. 다음은 주인공 돈키호테에 대한 설명입니다. 이 글을 통해 알 수 있는 돈키호테의 성격은 어떤지 골라 보세요.

> 그는 거의 날마다 기사가 주인공으로 등장하는 소설을 읽는 일로 시간을 보냈다. 책을 한번 들기 시작하면 잠자는 것도 밥 먹는 일도 잊을 정도였다. 그가 읽은 소설의 내용은 주로 갑옷과 투구로 무장한 정의의 기사가 말을 타고 돌아다니면서, 약자를 돕고 악당을 물리쳐 이름을 널리 떨치는 이야기였다.

    1) 정의를 지키려고 노력하는 성격

    2) 성실하고 부지런한 성격

    3) 허황된 것에 빠져 현실과 동떨어진 생각을 하는 성격

    4) 한번 빠지면 헤어나오지 못하는 성격

    5) 싸우는 것을 좋아하는 성격

2. 돈키호테에게 기사 임명식을 해 준 사람은 누구인가요?

    1) 교회 신부님        2) 이웃 마을 아가씨

3) 처음 만난 기사                    4) 여인숙 주인

5) 물레방앗간 주인


3. 여관 주인이 돈키호테를 보고 다음처럼 말한 이유는 무엇인가
   요?

"어서 오십시오, 기사님. 하룻밤 묵
을 곳을 찾으신다면 누추하지만 저
의 집에서 쉬어 가십시오. 그런데
이걸 어떻게 하죠? 기사님이 쓰실
침대가 없는데……."

   1) 진짜 기사라고 생각했기 때문에
   2) 창과 방패를 든 돈키호테를 보자 겁이 나서
   3) 돈키호테가 큰 부자였기 때문에
   4) 사람들이 돈키호테를 존경했기 때문에
   5) 산초가 부탁했기 때문에


4. 돈키호테가 공주 '둘시네아'로 생각한 사람은 누구인가요?

   1) 물레방앗간 아가씨
   2) 이웃 마을 농부의 딸
   3) 섬나라 영주의 딸
   4) 여인숙의 심부름꾼
   5) 자신을 돌봐 준 조카딸

5. 다음 글을 읽고 산초는 어떤 성격을 가진 사람인지 골라 보세요.

> "나를 따라가지 않겠느냐? 나는 전쟁에서 승리하고, 섬 하나쯤은 손
> 쉽게 얻을 수 있게 될 거다. 네가 원한다면 그 섬의 영주 자리에 앉게
> 해 주겠다. 어때?"
> 그 이야기를 진짜라고 믿은 산초는 돈키호테의 시종이 되겠다고 약속
> 해 버렸다.

1) 너무 착해 자신의 이익을 생각하지 않는다.
2) 허황된 말을 잘 믿고 판단력이 없다.
3) 의지가 아주 강하다.
4) 자기만 생각하는 사람이다.
5) 약삭빠른 사람이다.

6. 돈키호테가 한밤중에 물레방아를 공격하려고 했을 때 산초가
   어떻게 해서 그를 막았나요?

1) 어둠을 틈타 로시난테의 다리를 묶어 두었다.
2) 돈키호테에게 약을 먹여서 잠들게 했다.
3) 악마라고 이야기하면서 겁을 먹게 했다.
4) 배가 아프다고 핑계를 대고 못 가게 했다.
5) 둘시네아 공주는 그런 것을 싫어한다고 말했다.

7. 다음은 돈키호테가 번쩍거리는 물건을 머리에 쓴 남자를 만났을
   때 한 말입니다. (    ) 안에 들어갈 속담은 무엇일까요?

> (                                              )는 속담이 있다.
> 저길 봐라. 어젯밤에는 물레방아에 감쪽같이 속아 넘어갔지만 이번에
> 야말로 제대로 행운을 만나게 되었다. 저자가 쓰고 있는 것은 전부터
> 내가 갖고 싶어 했던 황금 투구다. 게다가 저 말은 흰 바탕에 검은색
> 털을 가진 명마로구나."

1) 가는 말이 고와야 오는 말이 곱다.

2) 하늘이 무너져도 솟아날 구멍이 있다.

3) 소 잃고 외양간 고친다.

4) 한쪽 문이 닫히면 한쪽 문이 열린다.

5) 닭 잡아먹고 오리 발 내민다.

8. 돈키호테와 산초가 풀어 준 죄수들이 돈키호테와 산초에게 어떻게 했나요?

1) 목적지까지 무사히 데려다 주었다.

2) 고맙다고 절을 하고 가던 길을 갔다.

3) 돌로 때리고, 옷을 벗겨 갔다.

4) 가지고 있던 돈을 주며 고맙다고 했다.

5) 나중에 만나서 은혜를 갚겠다고 했다.

9. 산에서 만난 벌거숭이 사나이는 어떨 때 이야기를 계속하지 못한다고 했나요?

1) 몹시 화가 나거나 배가 고플 때

2) 주변에 사람들이 많이 모였을 때

3) 날씨가 무척 춥거나 더울 때

4) 이야기를 하는 도중에 누가 말을 걸 때

5) 시끄러운 소리가 계속 들려올 때

10. 돈키호테가 고향으로 가는 산초에게 둘시네아에게 편지를 전해 달라고 부탁했을 때 산초가 다음과 같이 말한 진짜 이유는 무엇일까요?

"저, 주인님. 공주님께 한시라도 빨리 주인님의 마음을 전해 드리기 위해서는 걸어가는 것보다 로시난테를 타고 가는 편이 더 나을 것 같은데요."

1) 다리가 너무 아파서 걷기 힘들었기 때문에

2) 둘시네아 공주에게 로시난테를 바치기 위해

3) 로시난테와 정이 들었기 때문에

4) 돈키호테가 로시난테를 잃어버릴까 봐

5) 잃어버린 자신의 당나귀 대신 가지려고

11. 돈키호테를 고향으로 돌아가게 하기 위해서 신부님과 이발사가 꾸민 연극 내용은 무엇인가요?

1) 조카딸이 병에 걸렸으니 빨리 고향으로 가자는 것

2) 예쁜 아가씨가 거인에게 공격을 받았으니 구해 달라는 것

3) 화려한 성 안에서 환영회가 있으니 참석하자는 것

4) 도적을 만나 돈을 빼앗겼으니 원수를 갚아 달라는 것

5) 둘시네아 공주가 결혼하자고 하니 고향으로 가자는 것

12. 다음은 여인숙에서 한바탕 소동을 벌인 돈키호테가 미코미코나 공주에게 한 말입니다. 밑줄 친 말이 실제로 뜻하는 것은 무엇인지 골라 보세요.

"공주님, 이제는 안심하셔도 됩니다. 공주님이 두려워하는 거인을 무찔렀으니 이제 다시는 공주님 앞에 나타나지 않을 것입니다."

1) 숲속에 사는 괴물

2) 여인숙에 있는 말

3) 여인숙에 머무르는 손님

4) 여인숙 주인의 침대

5) 포도주가 담긴 가죽 부대

13. 돈키호테가 다시 고향을 떠나게 된 이유는 무엇인가요?

1) 산초가 빨리 영주가 되고 싶다고 했기 때문에

2) 조카딸과 가정부가 못살게 굴었기 때문에

3) 신부님과 이발사가 꾸민 연극이 들통났기 때문에

4) 카라스코가 모험담을 책으로 만들어 주겠다고 부추겨서

5) 둘시네아 공주가 돈키호테를 초청했기 때문에

14. 다음은 돈키호테의 유언장입니다. (    ) 안에 들어갈 말은 무엇인가요?

> 나의 사랑하는 조카딸 안토니아와 결혼할 사람은 (                    )로 택해야 한다.
> 그 결혼이 이루어졌을 때 내 땅을 물려주기로 한다. 부디 나의 생애가 후세에 잘못 알려지지 않도록 신경 써 줄 것을 간곡히 당부한다.

1) 운동을 좋아하고 재산이 많은 인물

2) 검소하고 부지런하며 벼슬이 높은 인물

3) 기사 소설에 손을 댈 염려가 없는 인물

4) 얼굴이 잘생기고 희생 정신이 강한 인물

5) 책을 많이 읽고, 이야기를 좋아하는 인물

● 논리 능력 Level Up!

1. 『돈키호테』의 무대가 된 곳은 어디인가요?

2. 두 번째 찾아간 여인숙에서 돈키호테가 한밤중에 찾아온 하녀의
   손을 잡고 다음과 같이 말한 이유는 무엇인가요?

> "아름답고 고귀한 공주님. 이렇게 깊은 밤에도 저를 찾아 주시니 뭐라
> 고 감사의 말씀을 드려야 할지 모르겠습니다. 나를 위한 그대의 마음
> 모르는 바 아니나, 이미 나는 온 마음을 둘시네아 공주에게 바쳤다오."

3. 다음은 돈키호테가 묵은 여인숙 주인이 한 말입니다. 주인이 그렇게 말한 이유는 무엇이었을까요?

돈이 없으면 여러 가지 불편한 점이 많지요. 갈아입을 속옷 값도 있어야 하고, 부상당했을 때 필요한 약값 같은 것은 소설 쓰는 사람이 안 적은 거지요. 산속에서 상처를 입었을 때도 돈이 있어야 하거든요. 옛날의 기사들은 먼 길을 나서기 전에 이런 것을 꼼꼼하게 갖추고 떠났는데……."

4. 두 번째 여인숙에서 여인숙 주인과 마부들이 돈키호테의 시종인 산초를 골탕 먹인 방법은 무엇인가요?

5. 돈키호테와 산초는 길에서 관리를 만납니다. 다음 관리의 설명 가운데 ( ) 안에 들어갈 말은 무엇인가요?

"'카나리아'라는 말은
( )지요.
이 녀석은 말을 훔친 죄로 잡혔
는데, 동료들을 모두 고자질하
는 바람에 그들에게 따돌림을
당하고 있다오."

6. 다시 고향을 떠난 돈키호테가 산초에게 공주를 찾아가라고 하면서 부탁했던 것은 무엇인가요?

7. 숲속에서 '쿵, 처르르!' 하고 쇠가 마찰하는 듯한 규칙적인 소리가 들렸을 때 돈키호테는 뭐라고 말하면서 공격하기로 했나요?

8. 돈키호테가 숲에서 만난 정체 모를 기사와 싸운 이유는 무엇인가요?

9. 돈키호테가 고향에 다시 돌아온 이유는 무엇인가요?

● **논술 능력 Level Up!**

1. 다음은 돈키호테와 산초가 죄수들을 보고 나눈 대화입니다. 두 사람의 말을 읽고 여러분은 누구 말에 찬성하는지 이유를 들어 설명해 보세요.

> "무슨 까닭인지는 몰라도 일부러 법을 어긴 것은 아닐 것이다. 고통당하는 사람들을 도와주는 것이 기사의 도리인데, 못 본 척하고 지나갈 수는 없지."
> "하지만 주인님, 법을 어긴 사람은 당연히 거기에 합당한 벌을 받아야 합니다. 이번만큼은 제발 그냥 지나가자고요."

2. 카르데니오의 연인 루신다를 빼앗은 페르난도의 행동에 대해 어떻게 생각하는지 써 보세요.

3. 다음은 돈키호테가 죄수들을 풀어 주며 한 말입니다. (  ) 안에 무슨 말이 들어갈지 각자 생각해 보고, 그렇게 생각한 이유를 써 보세요.

"자, 이제부터 여러분은 자유의 몸이 되었소. 이는 하늘의 뜻이오. 그러니 하느님께 감사드리고 착한 사람으로 다시 태어나시오. 세상에서 가장 배은망덕한 일은 (                    ) 당신들은 지금 당장 그 쇠사슬을 메고 나의 사모하는 둘시네아 공주에게 가서, 이 기사의 은혜로 자유를 찾았다고 말해야 하오."

4. 미코미코나 공주로 꾸민 도로테아가 돈키호테에게 도움을 청했을 때 돈키호테는 어떻게 했나요? 여러분이라면 어떻게 했을지 생각해 보세요.

5. 다음은 결혼을 앞둔 루신다가 한 말입니다. 여러분이 만약 루신다라면 어떻게 했을지 써 보세요.

루신다는 사람들의 눈을 피해 창가로 다가가 울먹였다.
"아아, 카르데니오' 전 어쩔 수 없이 결혼식은 치르겠지만 페르난도에게 제 마음을 바치진 않겠어요.
차라리 자결을 하더라도 당신과의 사랑을 지키겠어요……."

6. 온갖 고생을 겪으면서도 돈키호테를 감싸 준 산초에 대해 어떻게 생각하는지 써 보세요.

 **풀이**

## 이해 능력 Level Up!

| | | | | |
|---|---|---|---|---|
| 1. 3) | 2. 4) | 3. 2) | 4. 2) | 5. 2) |
| 6. 1) | 7. 4) | 8. 3) | 9. 4) | 10. 5) |
| 11. 2) | 12. 5) | 13. 4) | 14. 3) | |

## 논리 능력 Level Up!

1. 에스파냐 라 만차라는 농촌 마을

2. 하녀가 자신에게 반해 사랑을 고백하러 왔다고 생각했기 때문에

3. 돈키호테로 하여금 돈을 내게 하려고

4. 산초를 담요에 둘둘 말아 공처럼 공중으로 던져 올렸다가 떨어지면 받아서 다시 공중으로 던진 것

5. 고문에 못 이겨 동료의 이름을 자백한 것을 말하는 은어

6. 공주가 기쁜 나머지 당황해 하는지, 아니면 침착하게 의자에 앉아서 듣고 말하는지, 말할 때는 쟁반에 옥구슬 굴러가듯이 고운 목소리로 말을 하는지 등을 하나도 빠짐없이 보고 와야 한다고 했다.

7. 저 소리는 악마가 나타난 증거다. 하느님이 나에게 모험을 하라는 계시가 틀림없다. 너는 여기서 기다려라. 만일 3일이 지나도 내가 돌아오지 않으면 너는 마을로 돌아가 나의 사랑스런 둘시네아 공주에게 돈키호테는 당신에게 어울리는 용감한 기사가 되려고 노력하다 결국 목숨을 잃고 말았다고 전해 다오.

8. 돈키호테는 둘시네아 공주가 이 세상에서 가장 예쁘다고 하고, 정체 모를 기사는 자신이 사모하는 카실데아라는 여자가 이 세상에서

가장 예쁘다고 주장하다가 싸우게 되었다.

9. 돈키호테는 은빛 달의 기사에게 지고, 그 약속을 지키기 위해서 고향으로 돌아간다.

**논술 능력 Level Up!**

1. 예시 : 나는 돈키호테의 말에 찬성한다. 죄를 지은 것은 나쁜 짓이지만, 죄를 지은 사람이라고 해서 함부로 대하는 것은 더욱 좋지 않은 행동이라고 생각한다.

2. 예시 : 정말 좋아한다면 그 사람의 행복을 위해 물러서는 것이 바람직하다고 생각한다. 그러므로 페르난도의 행동은 잘못된 행동이다.

3. 예시 : 가장 배은망덕한 일은 자신을 도와준 사람을 모른 척하는 것 이라고 생각한다. 자신이 어려울 때 도움을 준 사람의 고마움을 모른다는 것은 도리에 어긋난 일이다.

4. 예시 : 돈키호테는 흔쾌히 돕겠다고 했다. 만일 나라면 그렇게 쉽게 도와주겠다고 하지 못했을 것이다. 나와 상관도 없고 잘 모르는 사람을 위해 위험한 일을 한다는 것은 어려운 일이기 때문이다.

5. 예시 : 나 같으면 도망쳐서라도 사랑하는 사람을 찾아가겠다. 사랑하지 않는 사람과 결혼하면 나는 물론 상대방도 행복할 수 없기 때문 이다.

6. 예시 : 어리숙하다고 생각할 수도 있지만, 정말 충직하고 착한 것 같다. 나 같으면 벌써 도망쳤을 것이다. 세상에는 자신의 이익만을 위해 사람을 사귀는 경우가 많은데, 이런 산초의 태도는 본받을 만 하다고 생각한다.

# 초등학생이 꼭 읽어야 할 세계 명작 시리즈

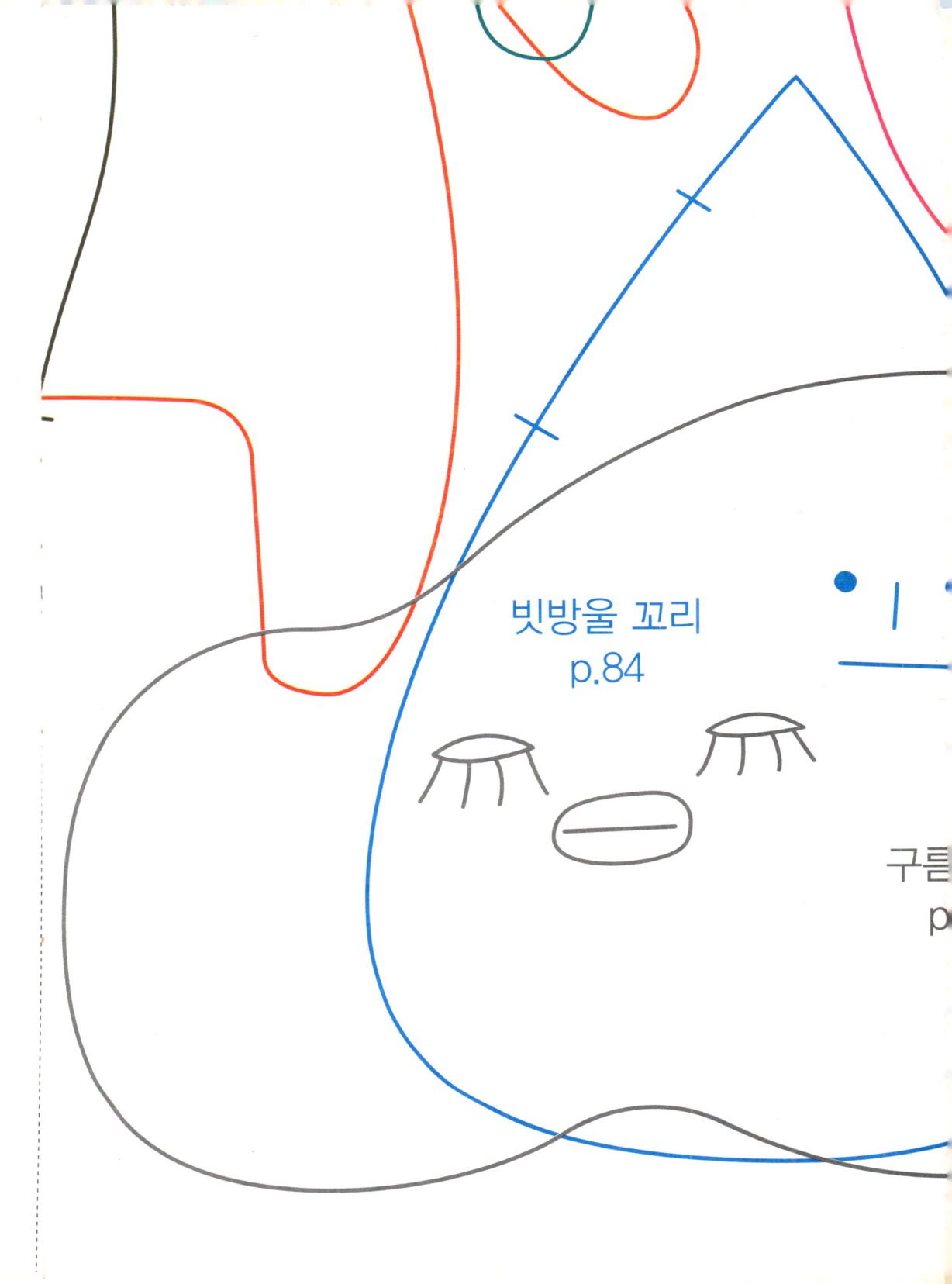

빗방울 꼬리
p.84

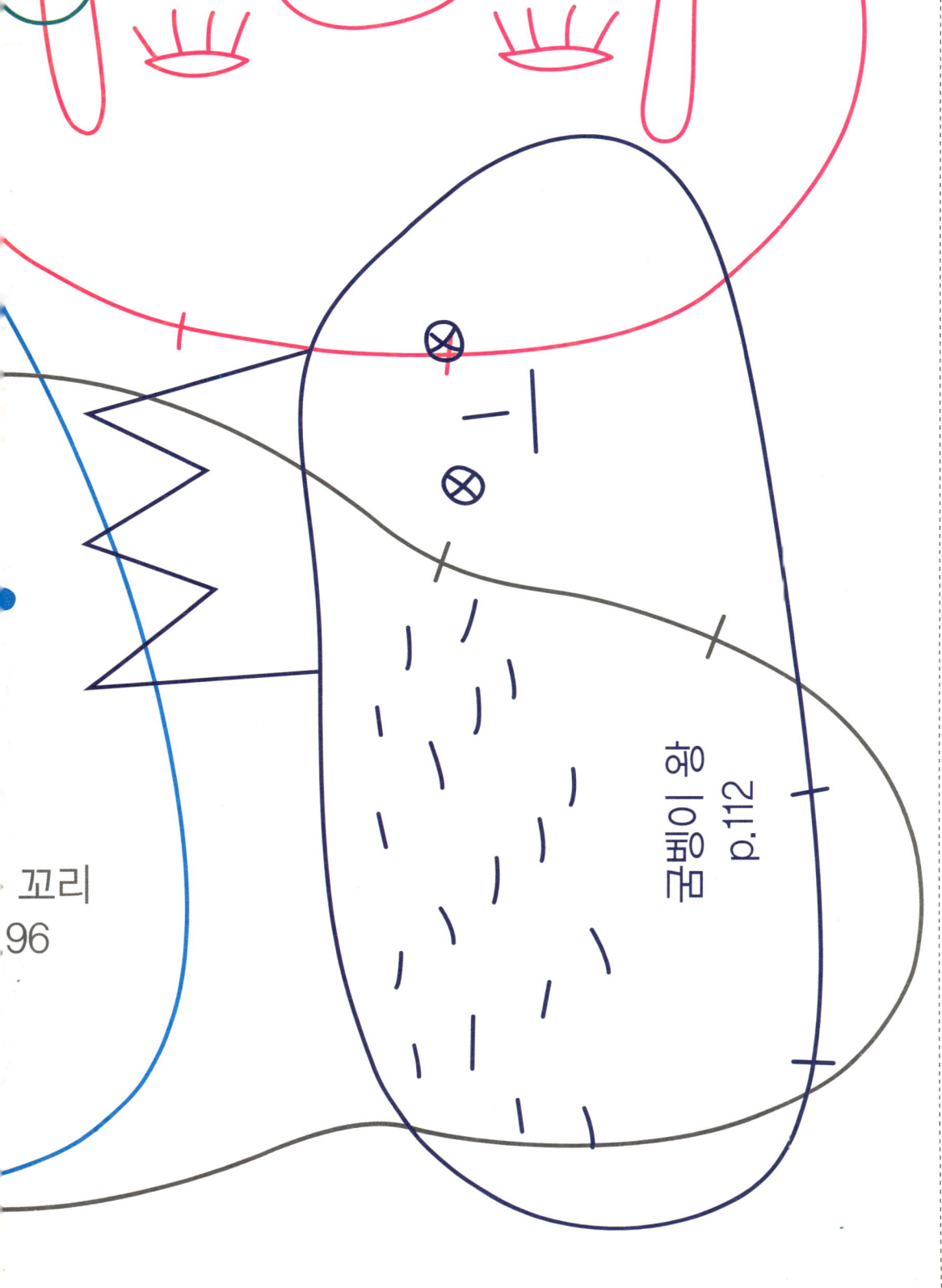

꼬리
96

몸통이 앞
p.112